AF537520

SILKE PORATH

Hermingunde ermittelt in Balingen

ZOLLERNALBTRAUMKREIS Kommissarin Hermingunde Klythemnestra von Tollern-Achteck lebt auf großem Fuß. Sie hat Schuhgröße 43 und besitzt damit die ideale Ausrüstung, um Verbrechern in den Hintern zu treten. Diese Aufgabe erfüllt sie mit großer Genugtuung, und genau aus diesem Grund wird die Vorzeige-Polizistin in ihrer Heimat Balingen gefürchtet. Jeden noch so gerissenen Gesetzesbrecher überführt sie mühelos. In diesem Band nimmt sie es gleich mit 30 mehr oder weniger Kriminellen auf.

Silke Porath ist in Balingen aufgewachsen. Nach dem Abitur volontierte sie bei einer großen Tageszeitung und arbeitete als Redakteurin in schwäbischen Redaktionen. Von dort aus wechselte sie in die PR-Branche und lebte lange Jahre in Stuttgart. Nach der Geburt ihrer Tochter begann sie zu schreiben. Seitdem sind zahlreiche Romane und Sachbücher von ihr erschienen.

Die Mutter dreier Kinder lebt mit ihrem französischen Mann heute wieder in ihrer Heimatstadt. Sie ist Mitglied der 42erAutoren und gibt als freie Schreibtrainerin Literaturkurse für Erwachsene und Kinder.

Bisherige Veröffentlichungen im Gmeiner-Verlag:
Mops und Mama (2014)
Mops und Möhren (2013)
Klosterbräu (2012)
Nicht ohne meinen Mops (2011)
Klostergeist (2011)

SILKE PORATH

Hermingunde ermittelt in Balingen

30 Rätsel-Krimis

Original

GMEINER

In Erinnerung an Kurt-J. Heering,
einen großartigen Agenten, Kollegen und Freund.
Du fehlst.

Personen und Handlung sind frei erfunden.
Ähnlichkeiten mit lebenden oder toten Personen
sind rein zufällig und nicht beabsichtigt.

Besuchen Sie uns im Internet:
www.gmeiner-verlag.de

Im Ehnried 5, 88605 Meßkirch
Telefon 07575/2095-0
info@gmeiner-verlag.de

Lektorat: Sven Lang
Herstellung: Mirjam Hecht
Umschlaggestaltung: U.O.R.G. Lutz Eberle, Stuttgart
unter Verwendung eines Fotos von: © judigrafie / photocase.de
Druck: Libri Plureos GmbH, Friedensallee 273,
22763 Hamburg
Printed in Germany
ISBN 978-3-8392-1585-2

Mit Dank an Andreas Christoph Braun für seine Ideen zur Figur der Hermingunde Klythemnestra zu Tollern-Achteck.

Wie auch Gundi sind alle Personen aus dem Buch reine Erfindungen. Ebenso die Fälle, welche die Kommissarin löst. Balingen ist im echten Leben nämlich eine völlig ungefährliche Stadt. Nur eins ist wahr – schicke Damenschuhe in Größe 43 sind wirklich schwer zu finden. Fragen Sie Gundi, die wird Ihnen das bestätigen.

FILM AB!

So hatte Hermingunde sich das nicht vorgestellt. Zum Kino gehörten für die Kommissarin Popcorn, eine Flasche Bier und, wenn möglich, ein netter Nebensitzer. Aber ganz bestimmt keine Leiche. Also, auf der Leinwand schon – aber doch bitte nicht in Sitz Nummer 8 in Reihe 13.

»Häberle, mitkommen«, blaffte sie den Polizeihauptmeister an, kaum dass sie die in Reitstiefeln steckenden Füße aus dem Jeep geschwungen hatte. Bis vor zehn Minuten standen diese Stiefel noch samt Hermingunde Klythemnestra von Tollern-Achteck im Reitstall. Gundi war gerade dabei gewesen, dem neunjährigen Wallach Ernst gute Nacht zu sagen, als ihr Handy geklingelt hatte.

»Ich kann auch nichts dafür«, murmelte Häberle und stapfte hinter seiner Chefin drein die Stufen zum Bali-Kinopalast hinauf. Die riss die Glastür auf und stemmte dann die Hände auf den Kassenschalter, hinter dem ein kreidebleicher Mann saß.

»Haben Sie den Toten gefunden?« Gundi kam ohne Umschweife zur Sache. Immerhin war es nach elf Uhr und zu Hause lockte eine halb volle Flasche Barolo, die sie am Vorabend beim Scrabble ihrem Langzeitliebhaber Thomas Sauerberg – immerhin promovierter Tierarzt – abgeluchst hatte. Der Mann nickte.

»Das ist Herr Kruse«, mischte Häberle sich ein.

»Ich wollte den Saal sauber machen. Mein Mitarbeiter hat sich heute krankgemeldet. Hab den ganzen Tag schon Stress mit Kartenverkauf, Popcorn und so.« Der Zeuge hatte seine Sprache wiedergefunden. »Ist ja immer eine ganz schöne Schweinerei nach jedem Film, mit dem ganzen Popcorn auf den Sitzen und so … und dann … dann …«

Gundi winkte ab. Aus den Augenwinkeln sah sie die Kollegen der Spurensicherung in ihren weißen Ganzkörperanzügen, die die Halle durchquerten. Die Kommissarin schloss sich ihnen an.

»So sieht das also heutzutage aus«, dachte sie, als sie einen

Blick in den offenen Vorführraum warf. Von großen Filmspulen war keine Spur mehr. Stattdessen stand dort ein Computer, auf dessen Festplatte die aktuellen Filme gespeichert waren. Gundi hielt nichts von den 3-D-Filmen, die neuerdings die Massen lockten. Sie schwor auf das gute alte Zelluloid.

Die Spusi-Truppe blieb am Eingang zu Kino 4 stehen und ließ der Kommissarin den Vortritt. Die Deckenstrahler fluteten das leere Kino mit etlichen Lux. Im Gang lag ein umgekippter Putzeimer, aus dem sich Popcorn auf den roten Teppich ergossen hatte. Wahrscheinlich hatte Kruse den Eimer vor Schreck fallen lassen.

»Reihe 13«, flüsterte Häberle.

»Weiß ich selbst.« Hermingunde stapfte die Treppen hinunter und schlängelte sich an den hochgeklappten Sitzen vorbei. Auf Platz 8 saß ein Mann, den Mund aufgerissen, die Augen starr auf den Vorhang gerichtet, hinter dem sich die Leinwand verbarg. Er sah aus, als sei ihm soeben ein Monster begegnet. Und er war tot. Die Kommissarin beugte sich über den Mann, nestelte ein Paar Gummihandschuhe aus der Gesäßtasche ihrer Reithose und durchsuchte die Taschen seines Cordjacketts.

»Ach schau an!« Häberle lugte neugierig zu seiner Chefin, die den Personalausweis des Toten in den Händen hielt. »Ein Auswärtiger!« Der Mann hieß Günther Bloch, wohnhaft in Hamburg. Die Visitenkarten aus der anderen Jackentasche verrieten, dass er für *Picture 2000* tätig war. Filmverleih. In der Tasche steckten neben einem Päckchen Papiertaschentücher ein Bündel Scheine. Viele Scheine. Viele grüne Scheine. Eingewickelt in den Programmflyer des Balinger Kinos.

»Häberle, Taschenlampe. Und dann Kruse herholen.« Gundi schnappte sich die Lampe aus der Hand ihres Mitarbeiters und leuchtete dem Toten in den offenen Mund. Die Zunge war belegt mit Resten von Popcorn. Und irgendwie geschwollen.

»Ist der Beinstatt schon da?«, rief sie den Kollegen der Spusi zu. Die verneinten, der Gerichtsmediziner sei aber auf dem Weg.

»Welcher Film lief eigentlich?«

»*Turbobuster VII, zurück zum Mars*«, kam die Antwort einer blutjungen Kollegin.

»Ist das aufregend? Ich meine, kann man sich da so aufregen, dass man einen Infarkt bekommt?« Umschweife waren Gundis Sache nicht. Das Mädchen schüttelte den Kopf.

»Nö, ist mehr … witzig. Irgendwie. Also … weiß auch nicht.« Die Kommissaranwärterin war sichtlich nervös. Gundi schnupperte – ein süßlicher Geruch stieg ihr in die Nase. Gemischt mit etwas Saurem. Popcorn und Galle.

»Der ist erstickt. Herzstillstand«, murmelte sie vor sich hin und knetete die Unterlippe zwischen Daumen und Zeigefinger. Häberle, der mit dem Kinobetreiber im Schlepptau in den Saal gekommen war, hielt die Luft an. Diese Geste seiner Chefin bedeutete: Ruhe, sie denkt nach.

»Also, die Popcorntüte liegt auf dem Boden. Im Getränkehalter steht Cola. Halb leer.« Hermingunde umrundete den Toten, so gut es eben ging, ohne ihm auf die Füße zu treten.

»Den kannten Sie«, stellte sie dann mit einem Blick auf Kruse fest.

»Äh. Ja. Der Herr Bloch … also … kommt … kam ja regelmäßig. Wegen der Plakate und so.«

»Und so?« Gundi fixierte den Lichtspielhaus-Inhaber. »Extra aus Hamburg?«

Kruse zuckte mit den Schultern und sah sich um. Die Männer und das Mädchen in den weißen Anzügen standen nach wie vor in der Tür zum Saal, die schweren Metallkoffer einsatzbereit in den Händen.

»Was wollte er denn hier?«, insistierte die Kommissarin.

»Na ja, eben die neuen Filme besprechen, also, was wir ins Programm nehmen.«

»Das muss ja eine sehr persönliche Betreuung sein.« Die Ironie in Gundis Stimme war nicht zu überhören. Erst letzte Woche hatte sie eine Reportage auf n-tv gesehen, wie Kino im 21. Jahrhundert hinter den Kulissen funktionierte. Eben nicht mehr mit Filmrollen und Steckbuchstaben in der Leuchtreklame. Sondern virtuell: die Filme wurden über das Internet an die Kinos geschickt, welche sie vorher anhand vom Filmverleih prognostizierter Besucherzahlen ins Programm nahmen. Oder auch nicht. Bei aller Leidenschaft für Hollywood – auch Kino musste eben Kasse machen und ein Movie ohne Zuschauer hatte kaum Chancen, gezeigt zu werden.

Kruse trat von einem Bein auf das andere. Gundi nickte den Kollegen der Spurensicherung zu und schlängelte sich aus der Reihe in den Gang. »Mich interessiert die Cola«, flüsterte sie gut hörbar dem Kollegen zu. »Ob da wirklich nur Zuckerbrause drin ist.« Kruse wurde blass, schwieg aber.

Draußen im Foyer ließ der Kinobesitzer sich in einen der ausrangierten abgewetzten Kinosessel sinken, die nach der Renovierung im vergangenen Jahr übrig geblieben waren. Gundi erinnerte sich an den Zeitungsbericht im Zollern-Alb-Kurier, wonach die Umrüstung auf die neue Computertechnik samt Leinwände für 3-D-Filme einen satten sechsstelligen Betrag gekostet hatte. Sie ließ sich in den Sesel neben Kruse fallen und streckte die Reitstiefel von sich.

»Wären Sie so lieb und würden mir mal die Technik erklären?«, flötete sie und klimperte mit den ungeschminkten Wimpern. Mit gerade mal 40 Jahren funktionierte dieser Trick noch immer. Kruse lächelte und schwang sich auf, sichtlich geehrt, dass sich jemand für seine Arbeit interessierte. Gundi folgte ihm in den Vorführraum, hörte allerdings kaum zu, als er ihr die verschiedenen PC-Programme erläuterte. Beim Thema Festplatte allerdings wurde sie hellhörig.

»So ein Film kostet Miete, gell?« Wieder ein Wimpernklimpern.

Kruse nickte.

»Und dann?«

»Ja, dann braucht man einen Code, mit dem man den Film freischalten kann.«

»Wo gibt man den ein?« Gundi zeigte auf die Suchmaske am Bildschirm. »Also zum Beispiel für *Turbobuster VII*?«

Kruse schluckte trocken. Gundi grinste innerlich, als sie sah, wie seine Hand zitterte, während er die Maus bediente.

»Ich … also … der Code, den habe ich …«

»Den kennen Sie gar nicht.« Schluss mit Wimperngeklimper. Aus dem Augenwinkel sah sie, wie die Auszubildende die in eine Plastiktüte verpackte Colaflasche schwenkte.

»Da war nicht nur Brause drin«, flüsterte das Mädchen.

»Kruse, ich glaube, Sie haben heute für längere Zeit den letzten Film gesehen.« Gundi legte dem Mann die Hand auf die Schulter. »Sie sind verhaftet.« Handschellen waren nicht nötig. Kruse folgte der Kommissarin in die Nacht.

Wieso weiß Hermingunde, dass Kruse der Mörder ist?

Lösung: 1. Rätsel-Krimi

Der Mann vom Filmverleih muss nicht persönlich kommen, um die Filme zu platzieren. Aber das Geld stammt eindeutig von Kruse – damit wollte dieser die teuren Leihgebühren umgehen. Da Kruses Mitarbeiter krank ist, konnte nur er die Cola vergiftet haben.

AMEN

»Verdammte Hacke!« Hermingunde von Tollern-Achteck fluchte und riss die Tür zur Balinger Stadtkirche auf. Natürlich hatte sie keinen Schirm dabei. Und natürlich schüttete es jetzt wie aus Kübeln. Die Kommissarin drückte den Bildband über die Toscana an ihre Brust und kickte mit dem Fuß die zweite Tür auf, die hinter dem Vorraum in das Kirchenschiff führte. Ein Blick auf die Armbanduhr – ein goldenes Erbstück aus dem Familienbesitz, das hartnäckig eine Minute nachging – zeigte ihr, dass sie Zeit genug hatte. Sie schüttelte den blonden Pony aus dem Gesicht und ließ sich in die nächstbeste Bank fallen. Thomas Sauerberg würde sie erst in einer Stunde im Gasthof Lamm erwarten.

Sie lächelte beim Gedanken an den smarten Tierarzt. Und an seine Reaktion, wenn sie das soeben in der Bücherei geliehene Buch auf den Tisch legen und ihm vorschlagen würde, für ein langes Wochenende dem schwäbischen Novemberregen zu entfliehen. Zum Glück waren es von der Bücherei bis zur Kirche nur wenige Schritte. Gundi wischte mit dem Ärmel ihres Parkas den Einband ab und schlug das schwere Buch in der Mitte auf.

»Hach!« Die Kommissarin seufzte und strich versonnen über das doppelseitige Foto. Sie konnte sich und Thomas schon vor dem kleinen Steinhaus sitzen sehen. Auf dem Tisch eine Flasche guten Barolo. Und das Backgammonbrett. Vielleicht ein, zwei Kerzen. Und das Zirpen von Zikaden. Sie hob den Blick. Die im gotischen Stil gestaltete Kirche war leer. Fast. In einer der mittleren Bänke saß eine Gestalt mit Kopftuch, das Haupt an eine der mächtigen Säulen gelehnt. Gundi grinste, als sie bemerkte, dass das Muttchen ganz offensichtlich schlief – das leise Schnarchen der alten Frau mischte sich mit dem Rauschen des Unwetters draußen. Sie blätterte die Seite um und zuckte zusammen: Ein unterdrückter Schrei und dann eine irre Kakofonie ließen ihre

Trommelfelle beben. Das Muttchen zuckte zusammen. Sämtliche Orgelpfeifen schienen auf einmal aktiviert, es dröhnte und hallte im Kirchenschiff, als würde ein Hochseedampfer direkt in der Balinger Stadtmitte die Schiffssirene betätigen.

»Isch der noch ganz sauber?«, rief Gundi und klappte das Buch zu. Die alte Frau drehte sich um, starrte erst die Kommissarin, dann die Empore an, auf der die Orgel stand.

»So an Bachel!« Gundi sprang auf, klemmte sich den Bildband unter den Arm und nickte der Alten zu. Dann stieg sie die Holztreppe nach oben. Wer auch immer für das Gedröhne verantwortlich war, er sollte aufhören!

»Ach. Du. Scheiße.« Die Kommissarin krallte nach dem Geländer und starrte auf die Orgel. Über den Tasten lag ein Mann. Quer. Auf dem Rücken. Die toten Augen starrten an die Decke. Von der rechten Schläfe tropfte Blut aus einer klaffenden Wunde.

»Und das ausgerechnet heute …« Gundi fluchte innerlich, ehe sie wie ferngesteuert das Handy aus der Tasche zog, um die Kollegen zu informieren. Ihre Ohren schmerzten angesichts der falschen Dauertöne aus den Orgelpfeifen. Während sie wieder hinabstieg, wählte sie die Nummer ihres Reviers, das Telefon am linken Ohr, das rechte hielt sie mit ihrem Zeigefinger zu. Im Vorraum gab sie Bescheid. Kollege Häberle verstand zwar nicht genau, was los war, trotzdem würden in wenigen Minuten die Beamten da sein. Die Kommissarin stürmte zurück in die Kirche. Das Muttchen hielt sich an der Bank fest und sah sie fragend an. Gundi bedeutete ihr mit einer Geste, sich zu setzen. Dann rannte sie die Stufen hinauf und schoss hastig einige Fotos mit dem Handy. Eigentlich hatte sie kein Smartphone haben wollen. Ihr war der ganze technische Schnickschnack zu viel. Ein Telefon war ein Telefon. Aber jetzt war sie froh, dass Thomas sie überredet hatte, eins dieser tastenlosen Dinger zu kaufen, mit dem man auch fotografieren konnte. Sie stopfte das Gerät zurück in die Tasche ihres Parkas und zerrte den Leichnam von der Klaviatur. Sofort kehrte himmlische Ruhe im Gotteshaus ein. Mit dem einen Fuß schob Gundi den Hocker beiseite, mit dem anderen stützte sie den Toten unter dessen Hintern ab. Dann ließ sie den Mann auf den Boden vor der Orgel gleiten. Ihr Blick wanderte vom Toten über ihre unsäglich großen Schuhe (Größe 43, leider) und blieben an einem spröden Kantholz hängen, das halb unter den Fußtasten der Orgel verborgen war. Am Holz klebten Blut und ein paar Haare – kein Wunder, das Teil war spreißeliger als ein Kaktus.

Für einen Moment war nur das Rauschen des Regens von draußen zu hören. Dann nahm die Kommissarin Schritte auf der Holztreppe wahr.

»Jessasmaria!« Die alte Frau schlug sich die Hand vor den Mund und starrte auf die Szenerie.

»Sie sollten unten warten«, sagte Gundi.

»Des glaub i au.« Die Omi trat den Rückzug an. Sofort machte die Kommissarin sich daran, den Toten näher in Augenschein zu nehmen. Abgesehen von der klaffenden Wunde an der Schläfe sah er selbst in diesem Zustand ziemlich gut aus. Sie schätzte ihn auf höchstens 50. Das schwarze Haar war dicht, die blauen Augen von stechender Farbe und um den Mund lag der Anflug eines Lächelns. Sie hob vorsichtig das Jackett an. In der Innentasche fand sie die Brieftasche des Mannes. Neben einigen Geldscheinen enthielt sie zahlreiche Plastikkarten und den Personalausweis.

»Marius Gandolf DeHaan«, murmelte sie. »Geboren am 13. August 1958 in Hennef, wohnhaft Hennef.«

»Was machen Sie hier?« Gundi fuhr herum. Hinter ihr stand ein ziemlich wütender Mann im schwarzen Rollkragenpullover, dessen seit *Derrick* aus der Mode gekommener Trenchcoat patschnass war. Der Mann stemmte die Hände in die Hüften und funkelte sie an. »Und was ist das überhaupt? Ich ruf die Polizei!«

»Die ist schon da«, entgegnete die Kommissarin und zückte ihren Dienstausweis. Der Mann schaute nicht einmal darauf, sondern wetterte weiter: »Was machen Sie mit dem Mann? Ist der tot? Ich fasse es ja nicht! Krankenwagen, sofort, nein, Finger weg von meiner Orgel!« Während er schrie, stoben feine Spucketropfen aus seinem Mund. Gundi wich automatisch einen Schritt zurück, stieß gegen das Kantholz auf dem Boden, trat halb darauf, verlor das Gleichgewicht und plumpste zwar sanft, aber sehr unelegant auf die Orgelbank.

»Wer sind Sie?«, fuhr sie den Mann an.

»Karl-Heinz Herzog. Organist«, blaffte der zurück.

Gundi stand auf und baute sich vor Herzog auf. Auch wenn sie sich streckte, reichte sie ihm nur bis knapp an die Schulter. Aber Berufserfahrung war eben Berufserfahrung und sie wusste genau, wie sie sich mittels Körpersprache auf gefühlte zwei Meter aufblasen konnte. Was sie umgehend tat – und nun war es an Herzog, einen Schritt zurück zu machen. Mehr ging auch nicht, denn dort war schon das Geländer der Empore.

»Kennen Sie den Mann?«, wollte Gundi mit eiskalter Stimme wissen, in die sie eine gute Portion Donnergrollen mischte, passend zum Wetter draußen.

»Ja.« Herzog schielte an ihr vorbei auf den Toten.

»Und?«

»DeHaan. Restaurator.«

»Ah ja!« Jetzt fiel es Gundi ein: Die Kirchengemeinde hatte im vergangenen Jahr einige Benefizkonzerte gegeben, um Geld für die Orgelreparatur zu sammeln. Sie und Thomas waren in der Adventszeit bei einem fantastischen Gospelkonzert gewesen, das ihr noch Tage danach Gänsehaut beschert hatte. Gundi streckte dem Mann die Hand hin. Er schlug ein. Seine Finger waren langgliedrig und weich, nur das frische Heftpflaster an seinem Zeigefinger kratzte an Gundis Haut.

»Was machen Sie hier, Herr Herzog?«

»Ich wollte proben. Ich probe immer um diese Zeit. Wenn nicht gerade ein Termin mit dem Restaurator ansteht.« Er sah sie an, als ob sie das wissen müsste.

»Sie waren also mit DeHaan verabredet?«

»Nein. Ganz bestimmt nicht.«

»Ganz bestimmt nicht? Sie mochten den Herrn nicht?«

»Hallo? Mögen? Der … also man soll ja nicht schlecht über Tote sprechen, aber sagen wir es mal so, angenehm war der nicht.«

»Du auch nicht«, dachte Gundi und beobachtete fasziniert die Spucketropfen, die Herzog absonderte. Laut sagte sie: »Warum?«

»Ich bin Künstler«, betonte Herzog und straffte die Schultern. »Und ich weiß sehr wohl, wie man aus dieser Orgel das Beste rausholt. Aber der wollte allen Ernstes …« Nun folgte ein Monolog über das technische Innenleben und die Materialien der Orgel – Gundi verstand nicht viel. Nur das: DeHaan hatte als billigster Bieter den Zuschlag bekommen, musste aber natürlich, um seinen Preis zu halten, auf günstige Chinaimporte zurückgreifen. Was dem Klang der Orgel und damit dem künstlerischen Schaffen des Balinger Organisten sehr, sehr abträglich gewesen wäre.

Unten wurde die Tür aufgerissen. Schritte. Rufen. Dann stürmte Häberle die Empore hinauf, gefolgt von drei Kollegen.

»Gundi!«, japste er ganz außer Atem.

»Häberle!« Gundi grinste. »Bist ja ganz nass!«

»Sauwetter da draußen, verdammtes.« Der Wachtmeister wurde knallrot, als er bemerkte, dass ihm mitten im Gotteshaus ein Fluch über die Lippen gekommen war.

»Du kannst dich gleich im Revier trockenlegen«, meinte Gundi. »Und den Herrn Herzog nehmen wir auch mit.«

»Wie bitte?« Der Organist wurde blass.

»Tja, Herzog, ich glaub, irgendwo in Stammheim steht ein altes Klavier. Das wird Ihnen für die nächsten Jahre als Instrument genügen müssen.«

Wieso verhaftet Gundi den Organisten?

Lösung: 2. Rätsel-Krimi

Erstens widerspricht er sich bei der Aussage, dass er nicht mit DeHaan verabredet war. Und zweitens hat er ein frisches Pflaster am Finger – wahrscheinlich steckt ihm ein Spreißel vom Kantholz, der Tatwaffe, im Fleisch.

TICKTACK

»Das kann ich jetzt auch vergessen.« Hermingunde knallte die Tür des Streifenwagens zu. Häberle, der sich eben vom Fahrersitz schälte, zuckte zusammen.

»Was vergessen?«, fragte der Wachtmeister seine Chefin.

»Vergiss es, Häberle!« Die Kommissarin hatte weder Zeit noch Lust, dem etwas behäbigen Kollegen zu erklären, dass sie am Nachmittag sowieso in diesen Juwelierladen in der Ölbergstraße hatte gehen wollen. Weil sie in einer kleinen Kiste die alte Uhr ihres Vaters gefunden hatte. Gold. Beste Schweizer Qualität. Nur leider nicht funktionierend. Wie so vieles aus dem Nachlass derer zu Tollern-Achteck. Gundi nickte den beiden Polizisten zu, die den Eingang des Ladens flankierten. Drinnen musste sie erst einmal gegen die Scheinwerfer der Spurensicherung anblinzeln.

»Mach die Dinger aus«, befahl sie der Kollegin. Die verkniff sich jeden Widerspruch und knipste die Lampen aus.

»So, besser.« Gundi ließ den Blick durch den Laden schweifen. Hinter dem gläsernen Verkaufstresen saß ein ziemlich blasser, ziemlich zitternder, ziemlich verdatterter Mann. »Sind Sie der Inhaber?«

»Ja. Das ist alles … das ist alles so … das ist mir noch nie passiert.«

Gundi seufzte. Der Mittfünfziger hatte ganz offensichtlich einen Schock. Sie konnte nur hoffen, dass sie die wesentlichen Details aus ihm herausbekam, ehe der psychologische Dienst ihn chemisch sedierte. »Sonstige Zeugen?«, erkundigte sie sich bei der Spusi-Kollegin.

Die nickte Richtung Hinterzimmer. »Ja, ein Kunde. Kollege Kimmerle ist bei ihm.«

»Okay, den Zeuge nehm ich mir gleich vor«, murmelte die Kommissarin und setzte sich neben den Besitzer hinter die Theke auf einen kleinen Hocker. »Mein Name ist Hermingunde zu Tollern-Achteck«, stellte sie sich mit einem aufmunternden Lächeln vor und hielt dem Mann die Hand hin. Der schlug ein.

»Weiß ich. Ich kenn Sie aus der Zeitung.«

»Und Sie sind?«

»Teuber. Manfred. Also mir gehört der Laden und ich … das ist …« Dem Mann brach der Schweiß aus. Gundi bemerkte das Zittern seiner Hände, als er sich über die Stirn wischte. »Boah. Wie im Fernsehen.« Er schüttelte den Kopf, als könne er selbst nicht glauben, was geschehen war. Dann ließ er den Blick über den gläsernen Verkaufstisch schweifen. Dort lagen ein halbes Dutzend mit dunkelblauem Samt bezogene Schatullen, in denen offensichtlich der Form nach Uhren ausgestellt gewesen waren. Die Schachteln waren leer. Gundi schielte auf ein abgerissenes Preisschild auf dem Boden. Die Zahl darauf war fünfstellig. Neben dem kleinen Etikett befand sich ein geknicktes Hochglanzprospekt einer Schweizer Edelfirma.

»Herr Teuber, wollen Sie ein Glas Wasser?«

»Ein Schnaps wär mir lieber«, versuchte der Überfallene zu scherzen. Gundi lächelte und kniff die Augen unter ihrem praktisch geschnittenen blonden Pony zusammen. Auf Teuber wirkte das aufmunternd, denn er begann, zunächst stockend, die Geschehnisse im Juwelierladen zu schildern. Es war kurz nach zehn Uhr am Vormittag, als der junge Mann, welcher nun als Zeuge im Hinterzimmer vom Kollegen betreut wurde, in das Geschäft kam.

»Der war vor ein paar Tagen schon mal da, weil er seiner Zukünftigen eine Uhr schenken wollte. Hat sich mächtig ins Zeug gelegt, muss eine große Liebe sein.« Der Uhrhändler grinste. »Leider sind nicht viele Leute so verliebt, dass sie Cartier verschenken.«

Gundi lächelte und nahm sich vor, wirklich sehr bald das Erbstück reparieren zu lassen. Vorerst hörte sie erst einmal sehr konzentriert der Schilderung Teubers zu.

Der hatte gerade sechs Uhren von Cartier, Jaeger-LeCoultre und zwei Marken, die teuer klangen, der Kommissarin aber nichts sagten, vor dem verliebten Kunden ausgebreitet, als ein Pärchen den kleinen Laden abseits der Balinger Haupteinkaufsmeile Friedrichstraße betrat. Die blonde Frau und ihr schwarzhaariger Begleiter hatten den Juwelier mit einem Kopfnicken begrüßt und sich dann die Vitrinen mit den goldenen Ketten und Armbändern angesehen. Der Frau schien sofort ein Collier in die blauen Augen zu stechen und sie machte ihren Compagnon in einer Teuber nicht verständlichen Sprache auf das Stück aufmerksam.

»Ich glaub, das war Russisch. Oder Polnisch. Oder Albanisch. Vielleicht auch Spanisch. Keine Ahnung.« Teuber zuckte mit den Schultern und rieb sich über die Augen. Da er immer noch mit dem jungen Mann beschäftigt gewesen war und ihm die Vorzüge einer Automatikuhr erläuterte, achtete er nur halbherzig auf das Paar. Allerdings wurden die zwei immer lauter. Den Gesten nach schloss Teuber, dass die Frau die Kette unbedingt wollte – der Mann sie aber auf gar keinen Fall erstehen mochte. Was der Uhrmacher gut verstehen konnte, wie er Gundi mit einem Augenzwinkern andeutete. So einer keifenden Hyäne schenke man nun mal ungern ein Schmuckstück im vierstelligen Bereich. Die Kommissarin dachte sich ihren Teil. Wer konnte schon wissen, ob die Klunker nicht eine Art Ablassbrief eines notorischen Fremdgehers waren?

Plötzlich habe die Frau den Mann am Kragen gepackt. Der sie an den Haaren. Teuber sei einen Moment lang vor Schreck wie erstarrt gewesen. Sein junger Kunde allerdings nicht: Obwohl er schmächtig wie ein Unterhemd war, sei er sofort auf das Paar zugegangen und habe die beiden Streithähne voneinander getrennt. So gut das eben ging, denn die Frau im Pelzmantel habe sich wie eine Furie aufgeführt.

»Irgendwann ist sie dann doch aus dem Laden gestürmt, ihr Kerl hinter ihr her. Und dann erst habe ich gesehen, dass die Uhren weg waren.« Teuber seufzte.

»Ein Ablenkungsmanöver also. Die wollten gar nichts kaufen«, folgerte die Kommissarin. Gundi schlug sich auf die Knie und stand auf. »Häberle, nehmen Sie mal die Personenbeschreibung auf. Ich kümmere mich um den Zeugen. Und Herr Teuber, halten Sie sich parat, wahrscheinlich werden wir Sie heute Mittag auf dem Revier brauchen, um ein Phantombild zu machen.« Gundi nahm nämlich nicht an, dass das Diebespaar bereits in der Kartei verzeichnet war. Für sie hörte sich das Ganze nach einer neuen Masche irgendeiner Bande an.

Sie betrat das Hinterzimmer – und staunte. Am kleinen Schreibtisch, der über und über mit Papieren und Schmuckverpackungen bedeckt war, saß ein kaum 20-Jähriger in Jeans und rotem T-Shirt. Gundi hatte einen smarten Anzugtyp erwartet, der seiner vermutlich ebenfalls smarten Braut ein teures Geschenk machen wollte. Der Mann hier aber sah alles andere als gut betucht aus. Andererseits, schalt sie sich, sah man doch den wirklich Reichen das Vermögen selten an. Sie stellte sich vor und bedeutete gleichzeitig dem Kollegen mit einem Kopfnicken, sie mit dem Zeugen allein zu lassen.

»Und wer sind Sie?«, wandte sie sich an den jungen Mann.

»Ich wollte nur eine Uhr kaufen.«

»Ich wollte nur Ihren Namen wissen.«

»Boris.«

»Und weiter?« Herrjeh. Wenn Gundi was nicht leiden konnte, dann Leute, denen man alles aus der Nase ziehen musste.

»Müller.«

»Und Sie wohnen wo? Ach, vergessen Sie das. Hat der Kollege Ihre Personalien schon aufgenommen?«

»Ja.«

»Dann erzählen Sie mal, was passiert ist.«

»Ich wollte nur eine Uhr kaufen.«

»Das sagten Sie bereits.« Gundi seufzte innerlich.

»Ja, also ich hab mir die Uhren angesehen«, begann der Zeuge. »Und dann kamen da diese Leute rein. Ich habe die aber nicht genau gesehen. Ich wollte ja nur eine Uhr kaufen.«

»Weiter!«

»Ja, die haben sich gestritten.«

»Konnten Sie die Sprache verstehen? Herr Teuber meinte, es sei kein Deutsch gewesen.«

Müller schüttelte vehement den Kopf. Dann erfuhr Gundi von ihm, dass er versucht habe, das streitende Paar zu trennen. »Er hat sie angebrüllt und sie hat ihn an den Haaren gezogen. Dann hat der Ali sie geschubst und ich bin dazwischen und dann waren die auch schon weg.«

»Und mit ihnen die teuren Uhren.« Gundi grinste. »Wie spät ist es eigentlich?«

Müller sah auf seine Armbanduhr. Eine dieser klobigen Plastikuhren, die mittlerweile in jedem Discounter für fünf Euro zu haben waren.

»Halb zwölf.«

»Fein, Herr Müller. Dann werden Sie Ihr Mittagessen heute bei uns auf dem Revier einnehmen. Ich verhafte Sie wegen des dringenden Tatverdachts der Beihilfe zum Raub.«

Wie kommt Gundi darauf, dass der Zeuge etwas mit dem Überfall zu tun hat?

Lösung: 3. Rätsel-Krimi

Er nennt in seiner Erzählung aus Versehen den Namen des Räubers.

LUMUMBA

Die Küchenschere schwebte über dem Basilikum, der trotz des ständigen Halbschattens in Hermingundes Küchengarten beinahe biblische Ausmaße erreicht hatte. Das Licht aus der Küche des Fachwerkhauses direkt am Eyachufer beleuchtete das Kräuterbeet neben der kleinen Terrasse. Gundi knurrte, steckte die Schere in die Schürze und stapfte ins Haus. Musste das Handy ausgerechnet jetzt klingeln, wenn sie Spaghetti auf dem Herd hatte?

»Ja?« Freundlich klang anders. Aber der Kommissarin waren sowohl der Appetit als auch die gute Laune abhandengekommen, sobald sie die Nummer auf dem Display erkannt hatte. Häberle. Was selten etwas Gutes bedeutete.

»Frau Kollegin, 'tschuldigung, wenn ich Sie … am Feierabend … also …«

»Kommen Sie zur Sache!« Gundi schaltete den Herd aus und schlüpfte aus den Gartenclogs. Während der Polizeihauptmeister weitersprach, schnürte sie bereits ihre Boots. Größe 43. Nicht gerade weiblich, aber mittlerweile hatte sie sich daran gewöhnt, auf großem Fuß zu leben. Und Pumps, die in ihrer Größe sowieso kaum zu haben waren, mochte sie ohnehin nicht. Sollten andere Frauen durchs Leben trippeln und staksen, ihr waren flache Treter oder ihre Reitstiefel allemal lieber.

»Dann kann ich wenigstens zu Fuß gehen«, versuchte sie einen Scherz, als Häberle mit seiner Schilderung fertig war. Im *Lumumba*, einer kleinen Kneipe nahe des Zollernschlosses, war ein Mann in der Damentoilette entdeckt worden. An und für sich natürlich absolut kein Grund, die Kripo aus dem Feierabend zu holen. Nur … dieser Mann regte sich nicht mehr.

Als die Kommissarin vor der Kneipe eintraf, verdrehte sie innerlich die Augen: Vor dem Lokal hatten sich drei Dutzend Menschen versammelt, die allesamt die Hälse reckten. Einige hielten Bierflaschen in der Hand, andere ihre Smartphones in die

Höhe. Ihr war schleierhaft, was so spannend daran sein sollte, zwei Polizisten zu filmen, die vor dem Eingang des *Lumumba* standen. Ziemlich unsanft schob sie die Gaffer zur Seite, um sich ihren Weg zu bahnen.

»Hey, Lady, wann können wir wieder rein? Mein Bier wird warm!«, rief ein Witzbold.

Gundi hatte gute Lust, ihm den Mittelfinger zu zeigen, entschied sich jedoch für komplettes Ignorieren. Das aufgeregte Geschnatter von draußen wurde angenehm gedämpft, als sich die schwere braune Tür hinter der Kommissarin schloss. Sie ließ den Blick schweifen – auf den Tischen standen halb volle Gläser mit Bier, Wein und dem Getränk, das dem Lokal den Namen verpasst hatte: Lumumba. Gundi grinste in sich hinein – sie selbst hatte als Teenager so manchen Absturz mit dieser Mischung aus heißem oder kaltem Kakao, Rum und Schlagsahne erlebt. Dass das Kultgetränk der 1980er nach einem kongolesischen Politiker benannt war, war ihr allerdings damals wie heute egal.

Hinter dem Tresen polierte ein Mann einen Schwung Gläser. Das hieß, er polierte ein Glas. Ein und dasselbe Glas. Und das, vermutete die Kommissarin, seit vielen Minuten.

»Schöne Scheiße!«, knurrte der braun gelockte Mann.

»Werden wir gleich sehen«, versuchte Gundi ein paar aufmunternde Worte. »Sind Sie der Pächter?«

»Ja. Mössner. Martin Mössner. Hab den Kerl … also, jessas.« Endlich stellte er das Glas ab und kam hinter der Theke vor. »Wollen Sie was trinken?«

»Später vielleicht. Erzählen Sie doch mal, Herr Mössner.« Gundi ignorierte das heftige Winken des Kollegen Häberle, der sie auf der Stelle Richtung Toiletten locken wollte. Die Leiche konnte und musste warten. Gundi hatte so ein Gefühl im Bauch, als ob der Wirt jetzt oder nie reden würde. Um die Nase war der Mann ziemlich blass.

»Die Vreni … die ist … boah.«

»Ganz ruhig, Herr Mössner.« Gundi tätschelte den Arm

des Wirts und grinste innerlich über dessen Lumumba-farbenes Poloshirt.

»Also, die Verena war auf dem Klo. Oder wollte. Weiß ich nicht. Sie hat sich ja mit dem Typ verabredet. Der war noch nie hier. Haben ganz schön geflirtet und ich wollte denen eben die dritte Runde Lumumba an den Tisch bringen … Jedenfalls kam sie rausgestürmt, direkt zu mir hinter den Tresen. ›Der liegt da‹, hat sie geflüstert und dann bin ich nach hinten, hab den Mann … also … wie der da auf dem Boden … ich hab versucht, ihn zu beatmen, lernt man ja in der Fahrschule, stabile Seitenlage und so. Aber da war nichts zu machen.« Mössner schüttelte den Kopf.

Gundi nickte ihm aufmunternd zu. »Ich sehe mir das eben selbst an, dann reden wir weiter. Vielleicht sollten Sie einen Schluck trinken?« Der Wirt nickte dankbar.

Die Sanitäranlagen des *Lumumba* waren durch einen schmalen, schummrigen Gang zu erreichen. Die Wände waren gepflastert mit Fotos von Gästen, die sich zuprosteten, lachten und ganz offensichtlich viel Spaß gehabt hatten. Gundi grinste, als sie einige der Leute auf mittlerweile vergilbten Fotos erkannte. Einschließlich sich selbst, mit Schulterpolstern, einer Tonne Taft im Haar und himmelblauem 1980er-Jahre Lidschatten. Häberle stand wie ein Wachhund vor dem Damenklo.

»Jetzt aber«, brummte er und hielt seiner Chefin die Tür auf, so weit das eben ging: Männerbeine versperrten den Weg. Gundi stieg über den Körper hinweg und kniete sich neben den Mann. »Mitte 30, höchstens«, sagte sie laut. Bei sich dachte sie: »Und verdammt gut aussehend mit dem Dreitagebart.« Dann griff sie dem Mann erst in die linke, dann in die rechte Hosentasche. Außer einem benutzten Taschentuch und einem Bonbon fand sie nichts.

»Häberle, helfen Sie mal!« Gemeinsam drehten sie den Mann auf die Seite, sodass Gundi in dessen Gesäßtasche fassen konnte. Sie hatte das Portemonnaie zur Hälfte herausgezogen, als der Leichnam ein grunzendes Geräusch von sich gab.

»Scheiße!«, brüllte Häberle und ließ den Körper los. Gundi konnte eben noch ihre zitternde Hand unter dem Hintern des Mannes vorziehen.

»Der lebt noch«, sagte sie tonlos und hoffte, Häberle würde ihr den Schreck nicht anmerken. Der Wachtmeister war mit sich selbst beschäftigt – er rang um Fassung.

»Ich schwöre, der hat nicht geatmet«, flüsterte er.

»Glaub ich Ihnen«, antwortete Gundi und fischte das Telefon aus der Jackentasche. Nachdem sie einen Notarztwagen bestellt hatte, versuchte sie, den Mann mit leichten Klapsen auf die Wangen zu Bewusstsein zu bringen.

Häberle untersuchte derweil dessen Papiere. »Kommt nicht von hier, ist aus Bad Bellingen.«

»Wo zum Geier ist das?«, murmelte Gundi, erntete aber vom Kollegen nur ein Achselzucken.

»Der heißt Michael Schöller. Wie das Eis.«

»Herr Schöller? Hallo? Können Sie mich hören?« Gundi rüttelte den Mann an den Schultern. Der gab ein Grunzen von sich und klappte die Lider zur Hälfte auf. Seine Pupillen waren, soweit Gundi das sehen konnte, klein wie Stecknadelköpfe.

»Mirissoschlecht«, brachte Schöller hervor, ehe er seine letzte Mahlzeit hervorbrachte. Gundi konnte gerade noch zur Seite springen, sonst hätte er ihre Schuhe getroffen.

»Gut, dass Sie da sind«, begrüßte sie fast im selben Moment sichtlich erfreut den Notarzt und dessen Assistenten. Und sie begrüßte es, dass sie dem winzigen Klo entfliehen konnte.

»Sieht nach Drogen aus«, erklärte sie dem Mediziner rasch. »Der war so komatös, dass der Wirt ihn für tot gehalten hat.«

»Ah. K.-o.-Tropfen? Komisch, sind sonst nur Frauen, die das Zeugs intus haben.« Der Arzt beugte sich über seinen Patienten und die Kommissarin ging mit Häberle zurück in den Gastraum.

Mössner saß mit hängendem Kopf am Tresen, vor sich einen prachtvollen Rumkakao mit bilderbuchmäßiger Sahnehaube.

»Herr Mössner? Gute Nachrichten! Der Mann lebt noch.«

»Puh!« Die Erleichterung war dem Wirt anzusehen.

»Wahrscheinlich haben Sie ihm das Leben gerettet«, sagte Gundi und klopfte dem Mann auf die Schulter. »Der war in absolutem Koma. Da kann man schon mal denken, dass einer tot ist.«

»Unglaublich.« Mössner schüttelte den Kopf. »So viel hat der doch gar nicht getrunken!«

»Wo saßen die beiden denn, dieser Schöller und diese Verena?«

Der Wirt zeigte auf einen kleinen Zweiertisch in einer Nische am Fenster. Die Kerze war zur Hälfte heruntergebrannt. Neben vier Gläsern (zwei leeren mit grünen Strohhalmen, zwei vollen mit roten, auf denen die Sahne verlaufen war) lag die Getränkekarte des Lumumba, zwei benutzte Servietten und über dem einen Stuhl hing ein Jackett. Gundi nahm an, dass es dem Mann auf dem Klo gehörte.

Zwei Rettungssanitäter mit Trage stürmten herein und verschwanden im Sanitärbereich.

»Wo ist diese Verena jetzt?«

»Puh. Keine Ahnung. Draußen bei den anderen?«

»Häberle, suchen Sie die Dame!« Der Polizeihauptmeister verschwand nach draußen. Verena kramte in den Taschen der Jacke. Noch mehr benutzte Taschentücher. Ein Dreierpack Kondome. Und ein kleines braunes Fläschchen, wie sie es aus der Apotheke kannte, wenn sie für sich oder ihren Wallach homöopathische Tinkturen mischen ließ.

»Da ist sicher kein Hustensaft drin«, mutmaßte sie und schraubte den schwarzen Verschluss auf. »Völlig geruchlos.«

Die Sanitäter trugen den Patienten durch die Wirtsstube nach draußen, wo sie von Applaus empfangen wurden. Gundi hatte keine Ahnung, was es da zu klatschen gab, kam aber nicht zum Nachdenken, denn Häberle bugsierte eine junge Frau herein.

»Das ist Verena«, verkündete er stolz, ganz so, als habe er eben einen fetten Karpfen gefischt. Nur dass diese Frau alles andere als ein glubschäugiges Exemplar war. Selbst Gundi musste zugeben, dass es sich bei Verena um ein äußerst attraktives Mitglied der holden Weiblichkeit handelte. Sie bemerkte das Aufflackern in Mössners Augen und machte innerlich eine Notiz: »Der ist verknallt in sie!«

»Ich verstehe gar nichts mehr«, haspelte Verena los. »Wir haben doch nur was getrunken. Und jetzt der ganze Aufwasch?«

»Kennen Sie Schöller?«

»Den Mike? Nicht wirklich. Der ist ein Kumpel einer Freundin und geschäftlich in Balingen. Wir haben uns über Facebook hier verabredet, weil der ja sonst keinen kennt. Hab ihn heute auch zum ersten Mal gesehen.«

»Facebook. Aha.«

»Ist ein ganz netter Kerl eigentlich. Ist der krank oder so?«

»Das nehme ich nicht an, Verena. Aber im Moment ziemlich benebelt.«

»Von meinem Lumumba aber nicht!«, sagte Mössner bestimmt. »So viel Rum war da auch nicht drin … obwohl … der hat bei mir an der Theke einen doppelten bestellt. Und wollte einen grünen Strohhalm drin, damit er das nicht verwechselt.«

Verena wurde blass. »Grün? Oh.« Sie zeigte stumm auf den Boden. Dort lag ein roter Strohhalm. »Ist mir runtergefallen und dann hab ich beim Martin einen neuen geholt.«

»Dann würde ich mal sagen, der Schöller hat sich selbst ins Koma geträufelt und Sie hatten verdammtes Glück.« Gundi grinste. »Und wenn er wieder zu sich kommt, kommt er erst einmal ins Café Gitterle.«

Wie kommt sie darauf?

Lösung: 4. Rätsel-Krimi

Die Strohhalme in den leeren Gläsern auf dem Tisch sind beide grün. Es ist also stark anzunehmen, dass der Täter die Gläser mit roten und grünen Halmen kennzeichnen wollte, um sie nicht zu verwechseln. Dumm gelaufen, dass Verenas Strohhalm auf den Boden fiel.

ABPFIFF

Fußball! Ausgerechnet! Hermingunde biss schon immer die Zähne zusammen, wenn ihr liebster Tierarzt sich in einen grenzdebilen Brüller verwandelte, der mit Bierflasche und Fanshirt vor der Glotze klebte. Musste sie da ausgerechnet an diesem wunderschönen Frühlingsmorgen zum Au-Stadion gerufen werden? Viel lieber würde sie jetzt einen kleinen Ausritt machen. Sie hoffte für Kollege Häberle, dass der sie nicht umsonst angerufen hatte.

»Das gibt die rote Karte«, rief sie dem Kollegen zu, nachdem sie ihren Wagen vor den Au-Stuben geparkt hatte. Häberle hatte sie ausdrücklich zum Hintereingang des Stadions zitiert.

»Job ist Job«, knurrte Häberle zurück. »Außerdem hab ich schon vorgearbeitet.« Letzteres sagte er wie ein beleidigter Siebenjähriger. Gundi lag ein Duzidada auf der Zunge, aber sie nickte nur und stapfte hinter dem Kollegen drein auf den Rasenplatz. Als sie jetzt sah, was Häberle ihr am Telefon versucht hatte zu erklären, konnte sie sich ein Grinsen nicht verkneifen: Vor dem einen Tor waren die weißen Umrisse einer nicht vorhandenen Leiche zu sehen. Abgesteckt wie in einem drittklassigen Krimi. Mit Blutfleck (»Das ist Ketchup«, flüsterte Häberle) genau da, wo das Herz des nicht vorhandenen Mannes hätte sein müssen. Und da, wo die Leiche ein Trikot hätte tragen müssen, war die Ziffer 13 mit weißen Strichen auf den Rasen gemalt.

»Die 13 ist der Kowalski, fieser Stürmer der Frommerner.«

»Ich nehme an, dem echten Fußballer geht es bestens?«, erkundigte sich Gundi beim Kollegen.

»Klar, hab ihn angerufen. Die sind übrigens nicht begeistert, dass das Spiel ausfallen soll, geht ja immerhin um den Klassenerhalt.« Häberle setzte eine wichtige Miene auf.

Gundi verdrehte innerlich die Augen. Ihr war es so was von egal, ob Balingen gegen Frommern gewann oder nicht. Für sie war Fußball ein Spiel. Zugegeben, manche Kicker sahen schon zum Anbeißen aus, aber das reichte ihr nicht, um sich wie eine Furie an den Spielfeldrand oder ins Stadion des VfB zu stellen und zu brüllen, bis sie heiser war.

»Und wer sind die drei da?« Gundi zeigte auf ein Trio, das auf den Bänken am Spielfeldrand saß.

»Das sind die einzigen drei, die einen Schlüssel haben.«

»Hä?«

Jetzt war es an Häberle, sich aufzuplustern. »Das Ding, also das Bild da auf dem Rasen, das wurde mit der Farbe für die Spielfeldumrandung gemacht. Und dazu braucht man den kleinen Karren, in dem die Farbe drin ist. Der ist im Gerätehaus und …«

»Dazu braucht man einen Schlüssel. Schon gut, Häberle.« Sie klopfte dem Wachtmeister auf die Schulter und stapfte in den Reitstiefeln quer über den Platz zu den drei Männern.

Der Kollege folgte ihr auf dem Fuß und gab ihr im Flüsterton noch ein paar wichtige Informationen. Nämlich dass er fast bei jedem Heimspiel unter den Zuschauern im Stadion war. Dass er als Steppke selbst hier gekickt hatte. Und dass er demnächst vom Verein für über 40 Jahre Mitgliedschaft eine Urkunde bekommen würde. Als Urgestein kenne er den Platz quasi wie seine Uniformtasche und wenn Bedarf bestehe, könne er ihr auch die letzten Spiele der Balinger gegen alle Auswärtsmannschaften schildern.

Gundi winkte ab und stellte sich den drei Männern vor. »Und Sie sind?«, fragte sie. Das Trio erhob sich. Der Mann ganz links sprach als Erster. Sowohl er als auch die beiden anderen konnten nicht verbergen, dass die Leichenmarkierung auf dem Spielfeld sie über die Maßen amüsierte. Gundi bemühte sich um den nötigen Ernst. Aber innerlich kicherte auch sie – so makaber das Ganze war, es sah schlicht bescheuert aus. Aber sie war erstens nicht zum Vergnügen hier und zweitens meldete sich eine kleine innere Stimme, die Pfui sagte. Denn sportlich und fair ging ganz gewiss anders! Sie zückte ihr Notizbuch, welches sie in der Tasche ihrer Reitweste stecken hatte, und notierte die Personalien der drei Männer, versehen mit eigenen kleinen Beobachtungen.

1. Mann: Horst Heben, 47 Jahre, kaufmännischer Angestellter bei Bizerba, zweiter Vorsitzender der Balinger Fußballer (Bierbauch, rote Nase und dicke Brille)

2. Mann: Kai Wurzel, 41 Jahre, erster Vorsitzender, Trainer, Sportlehrer an der Sichelschule (durchtrainiert, wahrscheinlich gebleichte Zähne, wirkt nervös)

3. Mann: Bernd Haller, 52 Jahre, Platzwart, Polier bei einer Straßenbaufirma (klein, kompakt, geschätzte 100 Kilo und unrasiert)

»So, und wer von Ihnen hat die Bescherung entdeckt?«, begann die Kommissarin schließlich.

»Ich«, meldete sich Haller. »Wollte den Platz fertig machen für das Spiel. Na ja, war erst in den Kabinen, bisschen lüften. Und dann auf dem Platz. So gegen halb neun.«

»Und dann hat er mich angerufen«, meldete sich Häberle zu Wort. »Und die Herren Heben und Wurzel auch.«

»Aha.« Gundi notierte weiter.

»Der Kowalski ist schon ein Arschloch«, blökte Heben los. »Hat im letzten Spiel unseren Stürmer dermaßen gefoult, Der Kowalski ist schon ein Arschloch«, blökte Heben los. »Hat im letzten Spiel unseren Stürmer dermaßen gefoult, dass der jetzt vier Wochen ausfällt. Mindestens. Schienbeinprellung vom Feinsten. Trotz Schützern!«

»Die Nummer 13 also«, sagte Gundi. Alle drei Männer nickten.

»Und warum malt dann jemand das da auf den Rasen? Das muss ja irgendwann heute Nacht passiert sein, im Dunkeln. Sonst traut sich das doch niemand.« Die Kommissarin zeigte auf das – zugegebener Maßen sehr gelungene – Bild.

»Warnschuss. Der soll bloß aufpassen!« Haller schnaubte. »Vielleicht waren das die Jungs von der Mannschaft?«

»Sehr unwahrscheinlich, die haben keinen Schlüssel zum Geräteraum«, betonte Häberle. »Und ohne Schlüssel kein Zugriff auf die weiße Farbe.« Einen Moment lang herrschte Schweigen auf dem Platz. Gundi lauschte dem Rauschen der Eyach hinter sich, gemischt mit den Geräuschen der nahen B 27. Dann verschränkte sie die Arme und ließ dem Geschehen seinen Lauf.

Wurzel sprach als Erster: »Also meine Jungs waren das sicher nicht! Die spielen fair!«

Haller: »Aber schlecht. Ich mein …«

Wurzel: »Moment mal! Die letzten beiden Spiele haben wir klar gewonnen!«

Haller: »Na ja. Mit kräftiger Hilfe vom Schiri.«

Wurzel: »Sag mal, auf wessen Seite stehst du eigentlich?«

Heben: »Ist doch jetzt egal. Also gestern so um Mitternacht war da noch nichts.«

Haller: »Woher willst du das wissen?«

Heben: »Weil ich da Gassi war. Ich geh immer kurz vor zwölf noch mal mit dem Hund raus.«

Wurzel: »Horst, da hätte ein Bagger auf dem Platz stehen können und du hättest ihn nicht gesehen! Du bist so was von nachtblind, dass dein Köter eigentlich ein Blindenhund ist.«

Heben: »Hahaha.«

Gundi: »Sie haben also nichts gesehen, Herr Heben?«

Heben: »Genau. Nichts. Und das nicht nur, weil ich in der Dunkelheit eben ein bisschen schlecht sehe.«

Haller (gähnte herzhaft): »Ich war ab elf daheim. Haben grad eine Baustelle in Stuttgart, ist ziemlich spät geworden. Können Sie meine Frau fragen.«

Gundi: »Muss ich das?« Sie bemerkte ein kleines Zucken um Hallers Augen.

Haller: »Quatsch! Aber Sie wollen doch sicher ein Alibi?«

Gundi: »Eigentlich nicht, aber wenn wir schon mal dabei sind, wo waren Sie denn heute zwischen Mitternacht und, sagen wir, sechs Uhr früh, Herr Wurzel?«

Der Sportlehrer bleckte die gebleichten Zähne. »Im Bett. Allein.«

Gundi tippte sich mit dem Kugelschreiber gegen die Lippen. Dann sah sie auf ihre Armbanduhr, ein Erbstück ihres Großvaters. »Wann sollte das Spiel anfangen?«

»Um zwei«, antworteten die drei Männer wie aus einem Mund.

»Gut, jetzt ist es kurz vor zehn. Ich denke, in vier Stunden dürfte die Sauerei doch beseitigt sein?« Die drei nickten.

»Gut, meine Herren. Zwei von Ihnen machen sauber. Und Sie kommen mit. Wenn Sie sich mit dem Protokoll beeilen, sind Sie zur zweiten Halbzeit wieder da.« Gundi zeigte auf einen der Männer, während die beiden anderen staunend die Augen aufrissen.

»Du warst das?«

Wer von den Dreien kommt als Schmierfink infrage?

Lösung: 5. Rätsel-Krimi

Trainer Wurzel – zwar haben alle drei einen Schlüssel zum Geräteraum, aber Horst Heben ist nachtblind und hätte nichts gesehen. Bernd Haller kann seine Frau als Zeugin benennen.

BANKRAUB

8 Uhr. Ob Hermingunde es wagen konnte, jetzt schon aufzustehen? Immerhin war heute Feiertag. Der 1. Mai. Und die Eltern schliefen noch. Die 14-Jährige lauschte – doch außer dem sanften Plätschern der Eyach vor dem gekippten Fenster war nichts zu hören. Das Mädchen brummte ins Kissen. Warf sich auf die andere Seite. Kniff die Augen noch einmal zusammen und kostete diesen süßen Moment der Vorfreude aus … hatte er? Hatte er nicht? Alex. Ach Alex …

Gundi formte den Namen mit den Lippen. ALEX. Nicht einmal eine Schleckmuschel vom Freibadkiosk war so süß wie er. Und er war so … erwachsen! Fast schon 16 Jahre alt. Wenn er mit seinem Mofa an der Bushaltestelle vorbeiknatterte, war es jeden Morgen um Gundi geschehen. Erst recht, wenn Alex ihr ganz lässig winkte. Und hatte er ihr nicht neulich erst zugezwinkert, als sie beim Eiscafé Venedig eine Kugel Erdbeer geschleckt hatte? Gundi hielt jetzt nichts mehr im Bett, denn die Zeichen waren so eindeutig gewesen: sein Zwinkern. Das Winken. Und drei Mal hatte sie ihn in der vergangenen Woche mit dem Dackel seiner Oma an der Leine am Haus vorbeimarschieren sehen. Alex musste einfach einen Maibaum für sie aufgestellt haben!

Sie sprang auf, hastete aus dem Kinderzimmer, schlich durch den Flur und öffnete die quietschende Tür zum kleinen Garten. Ging barfuß über das taufeuchte Gras bis zur Mauer. Reckte den Hals zum Dach, meinte, eine kleine Birke mit bunten Bändern im Gegenlicht zu sehen. Ihr Herz wummerte …

»Gundi! GUNDI!« Eine schrille Stimme ließ die Kommissarin hochfahren. 8 Uhr. Wie eben im Traum. Nur ein paar Jahre später. Viele Jahre später. Auch jetzt wummerte Gundis Herz – allerdings weniger wegen Alex, sondern vor Schreck: Dass jemand am Feiertag in aller Herrgottsfrühe an ihre Küchentür hämmerte, war eher ungewöhnlich.

»Gundiiiiii!« Oh nein. Sie war versucht, sich tot zu stellen. Aber sie ahnte, dass Jutta Paulsen nicht aufgeben würde. Seit die Kölnerin vor gut einem halben Jahr die Parterrewohnung drei Häuser weiter bezogen hatte, galt die magische Grenze der Gartenmauer nicht mehr. Selbst schuld, schalt sich die Kommissarin, was hatte sie die kugelrunde Wuchtbrumme auch bei deren Erstbegehung der neuen Nachbarschaft auf einen Kaffee einladen müssen?

»Ja!«, schrie sie Richtung Küche und krabbelte unter der Bettdecke hervor. Angelte nach dem ziemlich abgewetzten, aber deswegen umso gemütlicheren Bademantel aus braunem Frottee, der ihr gut drei Nummern zu groß war. Schlüpfte in die Filzpantoffeln und tapste, noch halb schlafend, in die Küche. Beinahe hätte sie gegrinst, als sie Jutta vor der Scheibe stehen sah: In ihrem knallroten Nachthemd, das wie eine Lyonerpelle um ihren Bauch spannte, und mit den vom Schlaf zerzausten Haaren sah die Neu-Balingerin nun wirklich nicht wie die Geschäftsführerin eines Handyladens aus.

»Was?« Das klang nicht gerade freundlich, war Gundi sich bewusst, als sie die Tür aufriss.

»Hach, endlich!« Jutta übersah und überhörte die nicht gerade fröhliche Stimmung ihrer Nachbarin. »Ich hab dich schon angerufen, aber …«

»Ja, mein Handy ist aus. Ich hab frei«, knurrte Gundi. Und gab sich insgeheim selbst einen Punkt dafür, dass sie Jutta nie verraten hatte, dass sie auch einen Festnetzanschluss hatte. Mit Wählscheiben-Apparat.

»Du musst sofort kommen.« Jutta stemmte die Hände in die nicht vorhandene Taille. »Das ist unglaublich. Unglaublich ist das.«

»Aha.« Gundi gähnte und machte sich nicht die Mühe, die Hand vor den Mund zu halten.

»Ja, komm schon!« Jutta Paulsen zerrte Gundi am Ärmel. »Bankraub!«

»Was?« Bei allen guten Geistern – hatte die Frau gestern zu tief ins Bierglas geschaut? Gundi erinnerte sich an einen der legendären Abstürze von Jutta im *Bären*. Kölsch war eben kein richtiges Bier, und wer sich erst ans Hefeweizen gewöhnen musste, der konnte schon sehr schnell ins Schwanken geraten.

»Meine Bank ist weg!« Jutta stapfte an den Kräuterbeeten vorbei die schmale Steintreppe hinunter, die durch ein kleines Gartentor zum Weg entlang der Eyach führte. »Und du bist doch bei der Polizei!«

Gundi stöhnte. »Ich bin bei der Kripo!«, rief sie, aber das hörte Jutta nicht mehr. Oder wollte es nicht hören. Auch wenn Gundi sich ab und zu mit einem anderen Verbrechen herumschlug, musste Jutta das nicht wissen. Die Kommissarin warf einen sehnsüchtigen Blick auf die Kaffeemaschine, zuckte ergeben mit den Schultern und machte sich auf den Weg zu Juttas Wohnung. Der Neubau fügte sich laut Architekt ganz wunderbar in die Bestandsgebäude ein. Was in Gundis Augen nichts anderes bedeutete, als dass auf kleinstem Grund so viele Wohnungen wie nur möglich untergebracht worden waren, alle von der Größe einer Puppenstube. Die unterste mit kleinem Garten vor winziger Terrasse hatte Jutta gemietet. Und genau dort stand die Kölnerin jetzt, die Arme vorwurfsvoll zum Himmel (oder eben zum Balkon des Obermieters) gereckt.

»Siehste! Weg! Meine Bank ist weg!«

»Sei froh«, dachte Gundi bei sich. »Das Ding war so schlecht gestrichen …« Laut sagte sie jedoch: »Stimmt.« Als bedurfte es für diese Feststellung noch ihre Zustimmung.

»Und hier! Spuren!« Jutta zeigte auf das kleine Beet. Drei der fünf halb verblühten Tulpen waren umgeknickt und der Abdruck eines Schuhs darin zu sehen.

»Die müssen mindestens zu zweit gewesen sein«, stellte die Beraubte fest.

»Wieso?«

»Weil einer allein ja schlecht so eine Bank schleppen kann. Aber sag mal, du bist doch die Polizei!«

»Kripo. Nicht Diebstahl. Ach, vergiss es. Hast du irgendwas bemerkt?«

»Nein. Ich habe geschlafen.«

»Allein?« Okay, das klang ein bisschen süffisant und nicht gerade freundlich, aber Jutta sollte ruhig büßen, dass sie Gundi aus dem wohlverdienten Feiertagsschlaf gerissen hatte. Für einen *Bank*raub.

»Ja. Allein.« Juttas Antwort lag irgendwo zwischen resigniert und patzig. »Nimmst du jetzt die Anzeige auf?«

»Hä?«

»Anzeige. Ich will den Bankraub anzeigen.«

»Das wird heute nicht nötig sein.« Gundi grinste.

Jutta sah sie fragend an – klatschte sich aber an die Stirn, nachdem die Kommissarin sie aufgeklärt hatte. Und lud sie als Wiedergutmachung auf einen Kaffee ein.

Warum muss Gundi keine Diebstahlsanzeige aufnehmen?

Lösung: 6. Rätsel-Krimi

Weil es der 1. Mai ist. In der Nacht vom 30. April auf den 1. Mai findet in Schwaben – und in Balingen ganz besonders – das Maienstecken statt. Dabei werden einerseits an den Dächern angebeteter Mädchen hübsch geschmückte Maibäumchen befestigt. Und andererseits nicht ganz so beliebten Zeitgenossen Streiche gespielt, wobei so manche vermeintlich geklaute Gartenbank auf Garagendächern oder in Nachbars Garten wieder auftaucht.

DARF'S EIN BISSCHEN MEHR SEIN?

»Darf's ein bisschen mehr sein?« Wieder und wieder hämmerte dieser Satz in Gundis Kopf, als sie neben Georg Häberle im Streifenwagen saß. Der Wachtmeister schoss mit Vollgas an der Post vorbei, schaltete die Sirene ein und umkurvte die an der roten Ampel wartenden Autos. Einmal rechts, einmal links, und dann kam der Wagen vor der Metzgerei Meißner zum Stehen. »Darf's ein bisschen mehr sein?« Wie oft hatte die Kommissarin diesen Satz schon gehört, wenn sie in dem alteingesessenen Laden Wienerle, Blutwurst oder Schnitzel kaufte.

So leer wie jetzt hatte sie den Verkaufsraum allerdings noch nie gesehen. Normalerweise stapelten sich in der Auslage Würste, Steaks und hausgemachte Maultaschen. Und vor dem Tresen war eigentlich immer eine Schlange von Kunden. Jetzt war niemand da – und die Kühltheke gähnend leer.

»Hier hinten!« Kommissar Döberles Stimme kam aus dem hinteren Bereich der Metzgerei. Gundi und Häberle umrundeten die Theke. Diese Perspektive der Metzgerei war ihr neu: die Schneidemaschine, die vielen blitzblanken Messer. Sie folgte dem Kollegen durch die Stahltür, die den Verkaufsraum von der Wurstküche trennte. Sofort begann ihr Magen zu knurren, denn in der Luft lag der unverwechselbare Duft von Meißners Lyoner. Für die, das wusste ganz Balingen, man nicht mal Brot brauchte. Die aß man am besten am Stück, wer mochte mit etwas Senf.

»Heimadsogga«, rutschte es der Kommissarin raus, als sie am Tatort ankam. Blitzartig verging ihr der Appetit.

»Des gibt's ned.« Häberle schluckte trocken.

»Lecker isch des uff koin Fall«, stimmte Döberle ihm zu.

Gundi schluckte trocken, atmete einmal tief ein und schaltete auf den Profi-Modus. Nun gelang es ihr, beinahe ohne Regung das Bild zu studieren, das sich ihr bot. Mitten in der deckenhoch gekachelten Wurstküche stand ein überdimensional großer Mixer. Über den

Rand des Cutters, in dessen Innerem rosa Wurstmasse war, lehnte ein Mann, kopfüber im Fleischbrei. Seine schwarz-weiß karierte Hose, die sich um einen immensen Hintern spannte, wies ihn sogar in dieser Position als Max Meißner aus. Dort, wo der Kopf des Metzgermeisters bis zu den Schultern in der Masse steckte, hatten die Rührmesser offensichtlich ganze Arbeit geleistet: Blut mischte sich mit dem Wurstbrät. Heute würde Gundi keine Lyoner kaufen.

»Bhmmm.« Gundi würgte und wandte sich um. »Wer hat ihn gefunden?«

»Die Julia. Sitzt hinten bei den anderen«, erklärte Döberle.

Gundi und Häberle gingen in die gezeigte Richtung und fanden die junge Verkäuferin in der Belegschaftsküche auf der Eckbank sitzen. Sonst hatte das Mädchen rote Wangen und immer ein Lächeln auf den Lippen. Jetzt war sie kreidebleich und zitterte am ganzen Körper. Zu ihrer Rechten saß Marianne, die altgediente Fachverkäuferin. Zu ihrer Linken ein junger Kerl, keine 20. Die Frau hielt Julias Hand, der Junge streichelte ihr unbeholfen über den Rücken.

»Guten Morgen«, begann die Kommissarin und atmete tief durch.

»Grüß Gott.« Marianne fand als Erste die Sprache wieder. Julia schluchzte haltlos. Der Junge starrte auf die karierte Tischdecke und die drei Kaffeebecher auf dem Tisch. Gundi setzte sich.

»Ich muss Ihnen ein paar Fragen stellen«, meinte sie beinahe entschuldigend. Von Julia kam nur ein Schluchzen. An ihrer Stelle ergriff die Ältere das Wort.

»Die Julia war um kurz nach acht da. Der Bus aus Erzingen kommt immer so früh.«

»Und da haben Sie Herrn Meißner gefunden?«, fragte Häberle und setzte sich neben Gundi. Julias Antwort war nicht zu verstehen.

»Hat sie«, sagte Marianne. »Sie sollte heute früh die Platten für Bizerba machen, die hatten die bestellt für einen Abteilungsleiter oder so.« Die Balinger Waagen waren in der ganzen Welt bekannt und auch Gundi war ein bisschen stolz auf die Firma, die in ihrer Heimat seit Jahrzehnten Präzisionsgeräte produzierte.

»Ich bin hinten rein, wie immer«, presste Julia hervor. »Und dann … und da … da …« Weiter kam sie nicht, denn ein neuerlicher Heulkrampf schüttelte sie durch.

»Wer hat denn die Polizei angerufen?«, erkundigte sich Gundi.

»Das war ich.« Marianne straffte die Schultern, sodass ihr immenser Busen noch größer wirkte. »Ich bin fünf Minuten nach Julia da gewesen. Muss ja die Theke füllen und so.«

»Und so.« Gundi nickte. »Und Sie?«, wandte sie sich an den jungen Mann.

»Ich?« Er zuckte zurück.

»Das ist der Steffen«, erklärte Marianne. »Unser Lehrling.«

»Aber noch nicht lange? Ich meine, ich hab Sie noch nie gesehen.«

»Drei Monate ist er da. Und hat ja oft Berufsschule.«

»Marianne, ich denke, der junge Mann kann für sich alleine sprechen.« Das kam härter aus ihrem Mund als beabsichtigt. Die Verkäuferin zog einen Flunsch.

»Ja.« Steffen starrte auf seine Knie, die in einer identischen Hose steckten wie die des Toten. Nur einige Nummern kleiner. Gundi atmete tief durch. Dann bat sie Häberle, mit den beiden Damen an die frische Luft zu gehen. Beide sprangen dankbar auf und folgten dem Polizeihauptmeister durch die Hintertür der Metzgerei.

»Also?« Gundi sah den Lehrling aufmunternd an.

»Na ja.« Ein Redner vor dem Herrn schien er nicht zu sein. Musste er wohl auch nicht, sonst hätte er einen anderen Beruf gewählt.

»Wann waren Sie hier?«

»Sieben.«

»Also vor Julia?«

Steffen nickte.

»Und Herr Meißner?«

»Wurstküche. Lyoner.« Es dauerte – aber irgendwann setzte Gundi scheibchenweise die Geschehnisse des frühen Morgens zusammen. Steffen sollte seinem Meister wie jeden Tag zur Hand gehen. Kurz nach sieben hatte Meißner den großen Cutter angeworfen. Steffen wog in der Zeit die seit Jahrzehnten als Betriebsgeheimnis gehütete Würzmischung ab. Und hörte sich die Tiraden seines Chefs an. Über die völlig unterbelichtete Julia. Die fette Marianne. Und sich selbst, den blödesten Azubi aller Zeiten.

»Der war immer so«, schloss der Junge seinen stockenden Bericht.

Gundi überlegte. Ihr war der Meißner immer ein bisschen schmierig vorgekommen – aber ganz bestimmt nicht wie ein wutschnaubender Despot. Aber sie war ja auch eine Kundin und im Ladengeschäft war schließlich Freundlichkeit das oberste Gebot. Hinter die Kulissen sah ein Kunde selten.

»Und dann ist die Julia gekommen?«, ermunterte die Kommissarin den Lehrling zum Weitersprechen. Dieses Mal erzählte er flüssiger. Vielleicht war er einfach schüchtern?

»Ja, die war kurz vor acht da und ist sich erst mal Umziehen gegangen. Und mich hat der Meißner in den Kühlraum geschickt. Als ich wiederkam, lag er da … also stand er … hing er … und am Hals hatte er …« Steffen schüttelte sich und platzte dann raus: »Scheiße. Meine Lehre kann ich jetzt wohl vergessen.«

Gundi beschloss, die Zukunftssorgen des jungen Mannes zu ignorieren und sich ganz auf den Fall zu konzentrieren.

»Haben Sie etwas gehört? Jemanden gesehen?«

Steffen schüttelte den Kopf. Dann kramte er das Handy aus seiner Hosentasche. »Ich muss meine Eltern anrufen.«

»Tun Sie das.« Gundi stand auf und ging nach draußen. Die beiden Frauen hockten auf einer kleinen Mauer und rauchten. Das hieß: Julia paffte, Marianne inhalierte tief und genüsslich. Häberle starrte Löcher in die Luft.

»Hat eine von Ihnen irgendetwas gehört oder gesehen?«, wandte sie sich an die Frauen. Beide schüttelten vehement den Kopf.

»Kann das nicht ein Unfall gewesen sein? Der Chef hatte doch Probleme mit dem Herz?« Julia pustete Rauch in die Luft. Marianne schnaubte.

»Von wegen. Der war gesund wie ein Ochs!«

»Ich glaube nicht, dass das ein Unfall war«, mischte Häberle sich ein. Und dann, so leise, dass nur Gundi es hören konnte:

»Die Spurensicherung hat ihn eben aus dem Trog gezogen. Kein schöner Anblick, wenn das halbe Gesicht fehlt. Aber … er hat ein frisches Hämatom am Hals, wie von einem Schlag mit einem schweren Gegenstand.« Gundi nickte, als sich ein Bild in ihrem Kopf zusammenfügte. Da hatte wohl jemand kräftig nachgeholfen. Fragte sich nur, wer.

»Wie war denn der Meißner so als Chef?«, versuchte sie es erneut. Julia wurde knallrot. Marianne schnippte ihre Kippe in den Rinnstein.

»Ein Arschloch.« Die ältere Frau stand auf und stemmte die Hände in die Hüften. »Ist mit den Jahren immer schlimmer geworden. Ganz ehrlich, man soll ja nicht schlecht über Tote reden, aber was der sich manchmal geleistet hat, unter aller Sau!« Sie kam in Fahrt und berichtete von Meißners cholerischen Ausbrüchen, die allerdings nie im Laden und bevorzugt nach Feierabend stattfanden. Da wurde gebrüllt. Da flogen Würste. Manchmal auch Messer (zum Glück nie mit blutigen Konsequenzen). Da wurde fast täglich mit der Kündigung gedroht. Langsam dämmerte Gundi, warum Meißner immer noch Junggeselle war – mit so einem Typ würde es keine Frau lange aushalten.

»Und heute Morgen?«, insistierte die Kommissarin.

»Wie immer«, flüsterte Julia. Dieses ›wie immer‹ bedeutete bei der jungen Frau, dass seit Monaten der Schlüssel für die Kammer verschwunden war, in der die Frauen sich umziehen konnten. Und dass Meißner regelmäßig just dann einen ›wichtigen Auftrag‹ hatte, den er persönlich und auf der Stelle vergeben musste, wenn Julia sich gerade ausgezogen hatte und noch nicht in die Verkaufskleidung geschlüpft war.

»Drecksau, sag ich doch.« Marianne zündete sich eine neue Zigarette an. Gundi straffte die Schultern. Sie hatte genug gehört und wandte sich an Häberle. Der nickte und verhaftete denjenigen der drei, der offensichtlich nachgeholfen hatte bei Meißners Sturz in den Wursttrog.

Wen lässt Gundi verhaften und warum?

Lösung: 7. Rätsel-Krimi

Steffen. Er sagte im Gespräch: »... und am Hals hatte er ...« Das konnte nur der Täter wissen, denn als die Spurensicherung den Leichnam aus der Wurstmasse zog, war dieser bis zu den Schultern mit Lyonerbrät bedeckt.

STICHTAG

»Sind wir hier im Irrenhaus?« Hermingunde zu Tollern-Achteck fluchte, als sie die Polizeiwache betrat. Eigentlich wollte sie nur ein paar Minuten raus aus dem Büro im Gebäude der Kriminalpolizei und hatte den kurzen Fußweg zum Revier dazu genutzt, runterzukommen. Den ganzen Vormittag über hatte sie Papierkram erledigt und nebenbei noch eine Bestellung beim Reitshop geschrieben. Diesen Brief hatte sie unterwegs bei der Post eingeworfen und sich jetzt wirklich sehr auf eine gemütliche Tasse Kaffee bei Kollege Döberle gefreut. Und auf den neuesten Klatsch und Tratsch aus der Kreisstadt, den Döberles Gattin dank ihres Jobs bei einem gut ausgelasteten Hausarzt zuverlässig lieferte und welchen er gerne weitergab. Jetzt aber hatte der Wachtmeister alle Hände – besser: alle Ohren voll zu tun.

Im Vorraum der Wache kreischten zwei Frauen vor Lachen. Ein Mann tobte, schrie und zeterte, fuchtelte mit der geballten Faust in der Luft herum und sah aus, als würde er gleich explodieren. Döberle tat sein Bestes, um die Streithähne zu beruhigen. Vergeblich. Gundi hatte große Lust, nach Wildwestmanier den Colt zu ziehen und einmal in die Luft zu schießen. Tat sie natürlich nicht. Stattdessen zerrte sie die Trillerpfeife, mit der sie sonst ihren Wallach von der Weide rief, aus der Jackentasche und blies hinein. Sofort herrschte himmlische Ruhe. Die drei Streithähne drehten sich um und starrten die Kommissarin an.

»So. Und jetzt wie zivilisierte Menschen«, sagte Gundi betont ruhig, steckte die Trillerpfeife wieder ein und zwinkerte Döberle zu. Der nickte dankbar.

»Was ist hier los?« Alle drei machten gleichzeitig den Mund auf, aber es genügte, dass Gundi die Augenbrauen hob, um sie am Weiterbrüllen zu hindern. Sie sah die kleinere der beiden Frauen an und bedeutete ihr zu sprechen. Die hatte sichtlich Mühe, nicht augenblicklich in Lachen auszubrechen. Sie stellte sich als Sylvie vor, Inhaberin des Tattoo-Shops am Viehmarkt. Beim Sprechen krempelte Sylvie die Ärmel ihres Shirts hoch und gab so den Blick frei auf unzählige bunte Bilder. Gundi fasste sich unwillkürlich an den rechten Oberarm. Den – das wussten die wenigsten – ein Anker zierte. Nicht, dass die Kommissarin je zur See gefahren wäre, aber der Legende nach hatte die österreichische Kaiserin Elisabeth den exakt identischen Körperschmuck. Und Gundi nun mal eine Schwäche für Sisi. Aber auch das wussten die wenigsten. Und das spielte hier auch gar keine Rolle.

»Der Charly war gestern bei uns im Studio«, begann Sylvie und gluckste vor Vergnügen. »Wollte sich einen Tiger auf die Schulter stechen lassen.«

»Was er ja auch hat«, mischte sich die größere der Frauen ein. »Ich bin übrigens die Gina. Sylvies Partnerin. Im Job und auch sonst.« Sie legte beschützend den Arm um ihre Liebste.

Gundi starrte fasziniert auf die Blütenranken in Ginas Dekolleté und fragte sich, wie schmerzhaft das wohl gewesen sein mochte.

»Ihr spinnt doch. Alle beide!« Charly blies die ohnehin schon feisten Backen auf. Dann riss er sich das Hemd vom Leib, drehte sich um und präsentierte der Kommissarin seine Rückansicht. Gundi biss sich auf die Zunge und verschluckte sich beinahe am eigenen Lachen: Auf Charlies rechtem Schulterblatt war tatsächlich ein Tiger. Die Haut um das frisch gestochene Tattoo war noch knallrot. Der Tiger aber, das sah selbst sie, buchstäblich gestochen scharf, fast dreidimensional in den Schattierungen. Nur die Antenne auf dem Kopf des Raubtiers störte das Bild: Hinter dem linken Ohr wuchs ein etwa fünf Zentimeter langer Strich mit kleinem Knubbel von links unten nach rechts oben in den imaginären Himmel.

»Ich will mein Geld zurück!«, brüllte Charlie. »Das sehen Sie doch auch, das ist Pfusch! Die haben mich verarscht, die blöden Weiber!«

»Na, na, mal langsam«, mischte Döberle sich ein. »Ganz ruhig bleiben.«

»Wie bitte? Würden *Sie* da ruhig bleiben?« Charly nestelte sich durch sein Hemd und Gundi war froh, nicht länger den Antennentiger oder die schmale Brust seines Trägers sehen zu müssen.

»Und natürlich will es jetzt keine von den Damen gewesen sein. Himmelarsch!«

»Ich verstehe nicht?«, gab Gundi zu. Von Sylvie, die sich innerlich sichtlich vor Lachen bog, bekam sie die Schilderung der Ereignisse: Charly hatte sich aus dem umfangreichen Vorlagenbuch jenen Tiger ausgesucht, der nun seine Haut zierte. Und eigentlich war alles wie immer gelaufen: Sylvie und Gina hatten die Vorlage auf die gewünschte Größe kopiert, auf Kohlepapier durchgepaust und zur ersten Ansicht und als Orientierungshilfe auf die Schulter des Kunden gepresst. Sylvie desinfizierte die spätere Heimstatt des Raubtiers, zog sich Gummihandschuhe über. Rasierte den Flaum von Charlys Rücken und begann mit der schmerzhaften, aber kunstvollen Arbeit. Sie hatte knapp die Hälfte der Umrisse geschafft, als sie den Kunden im hinteren Zimmer des Ladens kurz allein auf seiner Liege lassen musste, um die in der Vitrine eingeschlossenen Echtgold-Piercings einem Kunden zu zeigen.

»Na ja, und wir wollten auch mal Feierabend«, erzählte Gina weiter. »Da hab eben ich weitertätowiert.« Gundi sah sie fragend an. Ihr eigener Körperschmuck zierte nun schon seit einigen Jahrzehnten den Arm, aber so viel wusste sie noch: Jeder Tätowierer hatte so was wie eine eigene Handschrift.

»Ist kein Ding, wenn's nur um die Umrisse und so geht«, erklärte Gina ungefragt.

»Kein Ding, ich glaub, ich kotz gleich.« Charly fletschte die nikotingelben Zähne.

Gundi ignorierte ihn, biss sich auf die Innenseiten der Backen und forderte die Frauen auf, weiter zu erzählen.

»Es ist halt manchmal wie verhext«, sagte Sylvie. »Kaum biste am Stechen, kommt ein Kunde rein. So war das gestern Abend auch. Der eine wollte nur mich sprechen, der nächste musste was von Gina wissen. Na ja, und dann haben wir uns eben immer wieder an der Nadel abgewechselt.«

»Wie oft?«, presste Gundi grinsend hervor. Das Bild vom Antennentiger hatte sich in ihre Netzhaut gebrannt.

»Die sind dauernd aufgesprungen, fünf, sechs Mal. Bestimmt.« Charly knurrte.

»Kommt hin«, gab Sylvie zu und starrte auf einen Fleck an der Wand hinter Döberle.

»Das war ein fliegender Wechsel.« Charly sah Döberle an, als könne der Geschlechtsgenosse ihm helfen. »Ich wusste gar nicht mehr, welche von den Tussen da an mir rumfummelt.«

»Na, na!«, rief Gundi.

»Ja, haben Sie denn das nicht gesehen?«, fragte Döberle perplex.

»Wie denn«, fauchte Charly und machte im Stehen nach, wie er auf der Liege im Tattoostudio gelegen hatte. »Ich hab hinten keine Augen!«

»Jetzt schon, Tigeraugen«, dachte Gundi und tarnte ein Lachen als Räuspern.

»Irgendwann hat eine geniest. Dabei muss es passiert sein. Ich will wissen, wer mich so verkrüppelt hat.« Der Mann stemmte die Hände in die Hüften. »Und die zahlt das. Macht das weg. Was weiß ich.«

»Gut. Und wo ist dann das Problem?«

»Keine will es gewesen sein.«

Gina und Sylvie grinsten sich an.

»Wegmachen geht schlecht«, meinte Gundi ganz, ganz vorsichtig. »Aber könnte man sich nicht einigen und dem Herrn sagen wir mal … eine Ergänzung zur Antenne … äh, zum Tiger stechen? Kostenlos?«

Die Tätowiererinnen nickten.

»Ich wollte aber bloß einen Tiger.« Charly sah Döberle flehend an. Der starrte geflissentlich an ihm vorbei.

»Es gibt da doch Möglichkeiten«, fuhr die Kommissarin fort. Sie ließ sich von Döberle zwei weiße Blätter und zwei Werbekulis der Polizei geben. Dann bat sie die Frauen, jeweils eine Skizze anzufertigen.

Gina nahm den Kuli in die rechte Hand, skizzierte ein Raubtier und malte eine Palme in den Hintergrund. Die Antenne wurde so umgehend zur Blattnabe. Sylvie zeichnete mit links in gotischen Buchstaben den Schriftzug ›CHARLY‹ wie ein Banner über den Kopf des hastig gemalten Tigers. Die Antenne verschwand als Strich im H.

Gundi staunte. Die beiden Tiger sahen sich ähnlich wie ein Ei dem anderen. Vielleicht lag sie doch falsch mit ihrer Vermutung, dass jeder Tätowierer seine eigene Handschrift hatte? Eins aber war ihr sofort klar: Wer von den beiden Frauen beim Niesen die unsägliche Antenne ans Tier geschludert hatte. Sie teilte Charly ihre Beobachtung mit und brach in schallendes Gelächter aus, weil das Trio laut schimpfend wie die Waschweiber von dannen zog

Welche der beiden Frauen hat geschludert?

Lösung: 8. Rätsel-Krimi

Sylvie. Als Linkshänderin rutscht sie mit der Tätowiernadel automatisch von links unten nach rechts oben aus. Bei Gina, der Rechtshänderin, wäre der Strich genau anders herum gewesen.

KAMMERSPIEL TEIL 1

Gundi pustete den Pony aus ihren Augen und blätterte etwas lustlos in der Frisurenmappe, die die Friseurin ihr zur Überbrückung der Wartezeit in die Hand gedrückt hatte. Raspelkurze Haare schienen gerade Mode zu sein. Wahlweise ein asymmetrisch gestufter Bob. Gundi überlegte für den Bruchteil einer Sekunde, ob sie heute etwas anderes machen lassen sollte als das ständige Spitzen- und Ponykürzen. Immerhin trug sie seit fast 40 Jahren die Haare immer gleich. Ein, zwei Mal im Jahr ein Friseurbesuch, niemals Färben, Dauerwelle schon gar nicht.

»Frau zu Tollern-Achteck?« Die etwas blasierte Stimme der Friseurin riss sie aus ihren Gedanken. »Wir können dann.«

Gundi folgte der Frau, deren Namensschild sie als ›Elvira‹ auswies, zu einem jener Waschbecken, die extra dafür gemacht schienen, den Kunden das Genick zu verspannen, ließ sich den Umhang umlegen und lehnte sich zurück. Während hinter ihr das Wasser zu rauschen begann, hörte sie, wie Elviras Kollegin einer älteren Frau, die mit geschätzten hundert winzigen Wicklern auf dem Kopf unter der Trockenhaube saß, einen Kaffee anbot. In ihrem ganzen Leben hatte Gundi noch niemals eine Friseurin gefragt, ob sie einen Kaffee oder wenigstens ein Glas Wasser wolle – aber wahrscheinlich stieg man mit derart sporadischen Besuchen beim Coiffeur noch lange nicht in die Liga der Damen auf, die solch einen Service bekamen.

Die Kommissarin schloss die Augen und genoss das angenehm warme Wasser auf ihrer Kopfhaut. Während Elvira das süßlich duftende Shampoo einmassierte, ging G den Plan für den Nachmittag durch. Sie musste noch Papierkram im Büro erledigen, zwei Akten der Staatsanwaltschaft lesen und dann könnte sie früh Feierabend machen. Ein, zwei Stunden nach Ostdorf in den Stall gehen. Vielleicht sogar einen kurzen Ausritt machen. Und später am Abend mit Thomas den Barolo köpfen, den er im Sonderangebot ergattert hatte. Sie seufzte wohlig.

»Angenehm so?«, leierte Elvira hinter ihr. Gundi grunzte, kniff die Augen zusammen und war versucht, die Hände über die Augen zu legen, als ihr Wasser ins Gesicht lief.

»So, das wär's«, trällerte Elvira und schlang ein Handtuch wie einen Turban um Gundis Kopf. »Setzen Sie sich da hin, ich bin gleich bei Ihnen.« Sie zeigte auf einen Frisierplatz am Fenster. Gundi schlang den Umhang um sich und nahm Platz. Ob sie doch mal einen anderen Schnitt probieren sollte? Es musste ja kein Igelschnitt sein, aber so zehn Zentimeter weniger? Ihre Handtasche vibrierte und brummte. Sie kramte nach dem Handy, wobei der Turban ihr vom Kopf rutschte und die nassen Haare auf die Schultern fielen. Häberle. Ausgerechnet.

»Ich bin beim Friseur!«, ranzte sie ins Telefon.

»'tschuldigung, ich weiß, aber …« Noch während Häberle sprach, riss die Kommissarin sich den Umhang von den Schultern, sprang auf, kramte einen Zehner aus dem Geldbeutel und drückte ihn der verdutzten Elvira in die Hand, welche eben den Wagen mit den Scheren und Klammern herbeischob. Mit der einen Hand hielt Gundi das Telefon, mit der anderen nestelte sie eine große Haarklammer aus der Tasche und band sich die nassen Haare auf dem Kopf zusammen. Beinahe wäre sie vor dem Schuhgeschäft mit einer älteren Dame zusammengeprallt. Sie murmelte eine Entschuldigung, hastete an den Müttern vorbei, die mit ihren Blagen vor dem Eiscafé saßen, bog in die Neue Straße ein und sah Häberle, der mit zwei Kollegen vor dem Eingang des Heimatmuseums stand.

»Hier war ich ja ewig nicht«, dachte die Kommissarin, als sie die Zehntscheuer erreichte. Sie nahm sich vor, mal wieder einen Besuch in dem Museum zu machen, das über zehn Jahre lang renoviert worden war und nun eine ansehnliche Sammlung zur Stadtgeschichte und immer wieder Sonderausstellungen beherbergte.

»Grins nicht so, Häberle!«, fauchte Gundi. »Ich weiß, dass ich nasse Haare hab!«

»Ich grins nicht.« Häberle zog einen Flunsch. Dann folgte er seiner Chefin ins Foyer der Zehntscheuer. Ein übergroßes

Plakat warb bereits für die Sonderausstellung an Weihnachten: ›Krippen und Schaukelpferd – Kindheitsträume anno dazumal‹. Gundi lehnte sich an den Tresen, hinter dem sonst Mitglieder des Heimatvereins Karten für das Museum verkauften, und ließ sich von Häberle im Stenostil unterrichten: Die Putzfrau Waltraud Häfele war wie jeden Montag, wenn das Museum geschlossen hatte, gegen acht Uhr erschienen und hatte sich an die Arbeit gemacht. Drei Stunden lang wienerte und schrubbte sie die Böden. Bis sie im obersten Stock ankam. Das erste Verwunderliche war, dass das Sofakissen des ausgestellten Biedermeiersofas auf dem Boden lag. Das zweite die abgeschlossene Tür zur nachgebauten Dienstbotenkammer. Das dritte der Tote, der im Strohbett lag.

»Na dann.« Gundi steckte die Klammer im Haar erneut fest und stieg die Treppen hinauf. Es roch ein bisschen muffig und staubig und ein wenig nach Kernseife. Vermutlich das Putzmittel, welches Frau Häfele verwendet hatte. Die gute Fee war derzeit nicht ansprechbar, wie Häberle ihr schnaufend mitteilte. Sie hatte einen veritablen Schock erlitten und war mit dem Sanka in die Kreisklinik gebracht worden.

»Spurensicherung?«, wollte Gundi wissen und ging vorbei an den Exponaten, welche das frühere Leben in Balingen zeigten.

»Informiere ich bei Bedarf. Kann ja auch ein natürlicher Tod … na ja, einen Arzt ruf ich an, ja?« Häberle schnaufte wie eine alte Diesellok. Gundi grinste deswegen, ärgerte sich aber über die Unfähigkeit des Kollegen – schließlich gab es bei jedem Toten genaue Vorschriften, was wann zu tun war. Egal, ein Mitarbeitergespräch konnte sie ein anderes Mal führen. Sie ging einmal rechts und noch einmal rechts um die Ecke. Sah das Biedermeiersofa, welches neben einem einfachen Tisch, an dem ein Holzstuhl stand, in der Ecke thronte. Schräg gegenüber war eine unbehauene hölzerne Tür, welche in die nachgebaute Kammer führte. Die Kommissarin streifte sich ein paar Handschuhe über, die sie wie stets in der Hosentasche mit sich führte, und zog die Tür auf. Die Scharniere quietschten, als seien sie eigens dafür gebaut worden. Der fast übergroße rostige Schlüssel, der von außen steckte, erinnerte Gundi an jene Schlüssel, die am riesenhaften Schlüsselring ihres Großvaters hingen.

»Das waren schon arme Schweine«, murmelte sie, als sie die mehr als spartanische Ausstattung des Kämmerleins sah. Ein Tisch, ein Hocker. Ein Kerzenleuchter aus Zinn. Haken an der Wand und ein Holzbett. »War im Winter sicher arschkalt«, entfuhr es ihr, als sie zum Bett ging. Unter der rot-weiß karierten Decke, die mit Stroh gefüllt war, lag ein Mann. Das Haupt auf das ebenfalls mit Stroh gefüllte weiße Kissen gebettet. Und um die Nase fast ebenso weiß wie das Leinen. Hätte er die Augen geschlossen, könnte man meinen, der Mann hielte ein Nickerchen. Seine Zunge hing leicht über die fahlen Lippen.

»Leck mich doch am Hintern!« Gundi beugte sich über den Toten. »Das ist der Kohl!«

»Wer?« Häberle zwängte sich zu seiner Chefin in die kleine Kammer.

»Scheiße. Stimmt. Clemens Kohl.«

»Puh«, machten beide Polizisten gleichzeitig. Schließlich lag nicht jeden Tag ein toter Promi vor ihnen. Und der hier war einer: Clemens Kohl, genannt ›CK‹, war Inhaber einer der größten Firmen in der Kreisstadt. Chirurgische Instrumente. Familienbesitz. Lions Club. Stadtrat. Im Vorstand in so gut wie jedem Verein, angefangen bei Eishockey über Kinderschutzbund bis hin zum Heimatverein. Allerdings wirkte er in seinem jetzigen Zustand nicht mehr ganz so imposant, wie Gundi ihn vom letzten Treffen in Erinnerung hatte. Das war vor etwa sechs Wochen in der Stadthalle gewesen, als die Hospizgruppe eine Benefizausstellung mit Fotografien schöner Friedhöfe eröffnet hatte. CK war damals gerade aus der Klinik entlassen worden. Bypass, der zweite. Und natürlich hatte er keine Zeit für eine Reha.

»Ob sein Herz endgültig schlappgemacht hat?«, überlegte Häberle laut. Schließlich war es ein offenes Geheimnis, mit dem Kohl sogar kokettiert hatte, dass es um seinen Pumpmuskel nicht zum Besten stand. Aber er – und viele Balinger – hielten den fast eins achtzig großen Mittfünfziger mit der veritablen Bierplauze für unverwundbar. Offensichtlich falsch gedacht.

»Vielleicht war ihm schlecht?«, fuhr Häberle fort. »Ich glaub, gestern war so ein Kaffeenachmittag im Museum, vom Heimatverein.«

»Neee.«

»Wie? Kein Kaffeemittag?«

»Das weiß ich nicht, Häberle. Aber freiwillig hingelegt hat der Kohl sich sicher nicht.«

… Fortsetzung folgt …

Wie kommt Gundi darauf, dass Clemens Kohl nicht freiwillig in der Kammer war?

Lösung: 9. Rätsel-Krimi

Als die Putzfrau kam, war die Tür von außen abgesperrt.

KAMMERSPIEL TEIL 2

»Ach so. Logisch.« Häberle nickte. »Und wie ist er Ihrer Meinung nach … also … gestorben?«

»Eher gestorben worden.« Gundi beugte sich noch näher über Kohl. Von dieser Warte aus war von dem imposanten Geschäftsmann nicht mehr viel zu spüren. Die toten Augen glotzten die Kommissarin an, die sich unbehaglich wegen ihrer nassen Haare fühlte. Dann aber straffte sie die Schultern und schalt sich selbst eine doofe Kuh, CK konnte sie ja gar nicht mehr sehen. Sie ihn aber wohl – und was sie sah, war alles andere als schön. Die Nase dick geworden und rot nach dem jahrzehntelangen Genuss zu vieler Gläser Trollinger. Die Zähne in der oberen Reihe wie Soldaten und blütenweiß, waren bestimmt teuer gewesen. Die Kollegen im unteren Kiefer allerdings waren schief und gelbstichig. Etwas zu wulstige Lippen. Aufgedunsene Wangen und ein Doppelkinn, das jetzt allerdings im Liegen eher weniger zu sehen war. Gundi ließ den Blick schweifen zu den Händen des Toten, die scheinbar völlig entspannt auf der karierten Bettdecke lagen. Sie hob die rechte an. Das Stroh in der Decke raschelte.

»Na bitte!« Unter dem sorgfältig manikürten Mittelfinger des Toten hing ein Stück weißer Faden. »Helfen Sie mir mal, Häberle!« Gundi packte den Toten unterm Kopf und befahl dem Kollegen, das Strohkissen darunter vorzuziehen. Dann legte sie den überraschend schweren Schädel vorsichtig zurück auf die strohgefüllte Matratze und nahm das Kissen. Drehte es auf die Rückseite. Dort war es sehr zerknittert – und im Leinen klaffte ein kleiner Riss.

»Erstickt. Damit.« Gundi freute sich fast ein bisschen. Häberle wurde blass.

»Heiliger Bimbam. Wenn das die Presse mitkriegt …«

»Erst mal kommt die Spusi«, beruhigte Gundi den Kollegen. An die unvermeidliche Pressekonferenz wollte sie allerdings noch nicht denken. Sie zog Häberle aus der Kammer und bugsierte ihn zum Jugendstilsofa in der Ecke. »Sie warten hier!« Dann sauste sie los, vorbei an alten Webstühlen und Schuhmacherbedarf der Jahrhundertwende, die Treppen hinunter, an den Wachhabenden vor der Tür vorbei und zurück zur Friedrichstraße. Atemlos orderte sie vier Kaffee zum Mitnehmen und registrierte genervt den erstaunten Blick der Verkäuferin, als diese ihre nassen Haare bemerkte. Gundi parkte die Becher auf einem Papptablett, drückte den Kollegen vor der Tür der Zehntscheuer jeweils einen in die Hand und kam gerade rechtzeitig nach oben zum Tatort zurück, als Häberle am Einnicken war.

»Na, na!«, scherzte sie und setzte sich neben ihn auf das Sofa. Was sonst ja *absolut* verboten war – aber Aufseher waren ja keine da. Häberle nahm den Kaffee dankbar entgegen.

»Erzählen Sie mal, Häberle, was wissen Sie über den CK?«

»Na ja, was man sich halt so erzählt.« Der Polizist schlürfte das heiße Gebräu.

»Ihre Frau erzählt aber sicher ein bisschen mehr«, forderte sie ihn heraus. Frau Häberle war bekannt als wandelndes Info-Büro, die alles über jeden wusste. Was nicht allen und jedem behagte. Und wofür Häberle sich dann und wann schon ein bisschen schämte, wer war schließlich gern mit einer Tratschbase verheiratet?

Nach und nach aber fielen dem Polizisten Details ein und so konnte Gundi den Kreis der möglichen Verdächtigen eingrenzen, ehe die eigentliche Polizeiarbeit anlief. Häberle blieb auf dem Sofa sitzen, Gundi nahm sich den Holzstuhl und legte ihr zerknittertes Notizbuch auf den alten Tisch. Sie grinste, als sie die Schiefertafel zur Seite schieben musste, um Platz zu schaffen.

»Also der Kohl ist ja mit der Johanna verheiratet. Die stammt von der Schuler-Familie.«

Gundi nickte. Sie hatte das Bild der stets adrett gekleideten zierlichen Frau vor Augen, die an der Seite ihres Mannes immer ein wenig schutzbedürftig wirkte. Was sie, so Häberle weiter, wohl nicht war: Johanna hatte das Geld mit in die Ehe gebracht, aus der Schreinerei und Möbelfabrik des Vaters.

»Die ist ja auch so eine Charityzicke«, gab Häberle bekannt.

Gundi lachte. *Den* Ausdruck hatte er garantiert von seiner Frau. Aber es war was dran: Johanna Kohl sammelte unermüdlich Spenden, ob beim Tennisverein, beim Frauentreff ihrer Partei oder sonst wo. Und sie galt durchaus als nicht ganz einfache Person. Erst neulich war ein junger Kollege mit ihr aneinandergeraten, als sie ihr BMW Cabrio quer über die beiden Behindertenparkplätze vor der Bank platziert hatte. Ob er denn nicht wisse, wen er vor sich habe? (Wusste er nicht) Was er sich eigentlich einbilde? (Nichts, er mache nur seinen Job). Und dass sie sich an seinen Vorgesetzten wenden würde, wenn er nicht augenblicklich das Knöllchen zurücknehme (Tat sie nicht und tat er nicht).

»Hatte die nicht mal was mit dem … wie hieß der gleich?« Gundi kaute auf dem Kugelschreiber. Herrjeh. Nicht nur, dass sie die wahrscheinlich schlechteste Kundin ihrer Friseurin war. Jetzt konnte sie nicht mal bei Klatsch und Tratsch mitreden.

»Dem Krause? Sagt man so. Aber der Kohl, der hatte wohl eine Freundin. In Stuttgart. Glaub ich. Na ja, man soll den mal auf der Königstraße gesehen haben mit einer.«

»Wahrscheinlich Geschwätz.«

»Oder auch nicht. Die Johanna soll ihm mal eine Meißner Servierplatte an den Kopf geworfen haben.« Das allerdings glaubte Gundi, hatte sie doch rechts an der Stirn des Toten eine Narbe entdeckt. Dafür verantwortlich konnte gut und gerne teures Porzellan sein. Oder auch nicht.

»Sagen Sie mal, Häberle, der Krause, das ist doch der Prokurist bei CK?«

»Oh ja. Genau.« Häberle nahm einen Schluck Kaffee und schlug die Beine übereinander. »Jens Krause. Aalglatter Typ. Ist wahrscheinlich normal für solche Zahlendreher. Und wo Sie es sagen …«

»Ich sag doch gar nichts!«

»Egal. Dem Krause seine Frau hat ein Kind in die Ehe mitgebracht. Ist ja nun schon fast 30 Jahre her, aber der Junge sieht dem Kohl ähnlich. Aber so was von.«

»Ein Kuckuckskind vom Chef?«

Häberle grinste. Er hatte sichtlich Spaß daran, die großen und kleinen Gerüchte, die seine Frau ihm stets zum Abendbrot servierte, mit Gundi durchzukauen. Hätte sie dem Kollegen gar nicht zugetraut.

»Der CK hat doch einen Sohn?«, hakte die Kommissarin nach.

»Ja, der Clemens junior. Taugt nichts, wie man so hört. Hat schon in der Grundschule mit seinen Initialen angegeben. Calvin Klein. CK.« Häberle lachte lauthals. »Der war bis vor ein paar Jahren gar nicht in Balingen. Erst Internat Salem, dann Studium in München. Irgendwas mit Finanzen, kann mich aber irren. Jetzt ist er in der Firma, hat aber anscheinend keinen Plan von gar nichts.«

Gundi erinnerte sich vage an einen Zeitungsbericht und das dazugehörige Foto. Der Junior überragte darauf den Senior um einen Kopf, sah ihm ansonsten aber verteufelt ähnlich: derselbe Quadratschädel, dieselben kalten Augen und ähnlich viele Kilos auf den Rippen.

Nach und nach sprudelten immer mehr Namen aus Häberle heraus. Die meisten tat Gundi mit einem Schulterzucken ab. Einen aber notierte sie hinter Johanna Kohl, Jens Krause und Clemens Junior: Bernd Müller.

Müller war der langjährige Vorsitzende des Heimatvereins, also quasi der Hausherr in der Zehntscheuer. Die Stadt Balingen verfügte im Haushaltsplan zwar jedes Jahr über einen nicht kleinen Etat für Kultur und Heimatpflege, genug war es jedoch nie. Sagte jedenfalls Müller, der in Kohl einen der größten Geldgeber für seinen Verein gefunden hatte.

»Dabei konnten die zwei sich nicht leiden«, erklärte Häberle und leerte den Becher, indem er den Kopf so weit in den Nacken legte, dass Gundi dem Kollegen geradeaus in die Nasenlöcher gucken konnte. »Die waren sich schon in der Sichelschule spinnefeind.«

»Jahrgänger?«

»Ne, der Kohl war zwei Klassen über dem Müller. Hat den aber immer drangsaliert, weil er an sein Vesper wollte. Als Sohn vom Metzger war der Müller ja immer am besten ausgestattet für die Pause.«

Gundi konnte sich leibhaftig vorstellen, wie der kleine Clemens sich als Pennäler aufgeführt hatte. Sie seufzte. Starrte ihre Notizen an. Dann strich sie einen der Namen so fest durch, dass der Stift das Papier an dieser Stelle zerriss.

»So, Häberle, dann würde ich gerne mit diesen drei Herrschaften sprechen.« Sie warf dem Kollegen das Notizbuch zu und begrüßte im selben Augenblick die Kollegen der Spurensicherung und den Gerichtsmediziner.

Wen streicht Gundi von der Liste der Verdächtigen und warum?

Lösung: 10. Rätsel-Krimi

Johanna Kohl. Als zierliche Frau wäre sie körperlich kaum in der Lage gewesen, ihren massigen Mann mit dem Kissen zu ersticken – auch wenn sie sicher jede Menge Gründe dafür gehabt hätte.

KAMMERSPIEL TEIL 3

Gundi schüttelte die noch feuchten Haare mit den Händen auf. Dort, wo die Klammer sie gehalten hatte, waren sie beinahe noch nass. Sie starrte in den Spiegel auf dem Damenklo in der Zehntscheuer und grinste: Der Pony stand schnurgerade nach oben. Sie sah ein bisschen so aus wie jene Mary aus dem Hollywoodfilm – nur dass sie, Gundi, definitiv keine ekligen Sachen in den Haaren hatte.

»Na dann«, sagte sie zu ihrem Spiegelbild, streckte sich selbst die Zunge raus und beugte sich über das Waschbecken. Zwei Minuten später war der Pony wieder flach, dafür nass. Egal. Sie sah auf die Uhr und beschloss, dass Häberle die drei Verdächtigen mittlerweile auf dem Jugendstilsofa im dritten Stock platziert haben musste. Dieses Mal fuhr sie mit dem Lift nach oben.

»Ihre Haare sind nass!«

»Ach was.« Gundi lächelte Dr. Beinstatt an. Der Gerichtsmediziner aus Tübingen kam ihr stets vor wie ein winziger Terrier – mürrisch, bellend, aber eigentlich ein Schoßhund. Als er jetzt mit seinem schweren Koffer vor dem Lift stand, wirkte er wie ein begossener Pudel. Wahrscheinlich hatten Gundis nasse Haare ihn aus dem Konzept gebracht. Die Kommissarin schüttelte seine Hand und zog ihn zur Seite. Rasch ließ sie sich von ihm die ersten Ergebnisse mitteilen. Kohl war in der Tat erstickt worden, die geplatzten Kapillargefäße in seinen Augen ließen eigentlich keinen anderen Schluss zu. Den Todeszeitpunkt ordnete Beinstatt irgendwann zwischen 22 und 4 Uhr ein, Näheres nach der Obduktion.

»Aber heute nicht mehr«, knurrte er sie an. »Muss noch … ist ja auch egal.«

»Schon gut.« Gundi tätschelte seinen Arm. Der Gerichtsmediziner zuckte unwillkürlich zurück. Sie verabschiedete sich rasch und ging Richtung Tatort. Die kleine Kammer war mittlerweile mit einem Polizeiband abgesperrt. Im Bereich einer nachgebauten Küche mit steinernem Spülbecken standen zwei Mitarbeiter des Bestattungsunternehmens, die Bahre mit dem schwarzen Sack gegen die altertümliche Herdstatt gelehnt. In der Kammer blitzte es, die Spurensicherung war am Werk.

»Guten Tag.« Die Kommissarin straffte die Schultern, als sie auf das nachgestellte Wohnzimmer zuging. Tatsächlich saßen drei Männer Schulter an Schulter auf dem antiken Sofa. Keiner sah besonders glücklich aus, was aber auch daran liegen konnte, dass sie sich förmlich auf das Möbel quetschen mussten, denn der mittlere, dem Aussehen nach eindeutig Clemens Kohl junior, füllte mit seinem fettleibigem Körper einen Großteil des Möbels aus. Zu seiner rechten saß Jens Krause, der Prokurist. Halbglatze, verkniffener Mund. Stocksteif. Links von Kohl junior quetschte sich Bernd Müller ins Kissen. Dem Vorsitzenden des Heimatvereins war deutlich anzusehen, dass er alles andere als begeistert war.

»Eigentlich darf man auf den Exponaten nicht sitzen«, sagte er denn auch prompt, als Gundi sich vorgestellt hatte. Sie zog den Holzstuhl heran und setzte sich den dreien gegenüber.

»Mein Vater … also … oh Gott.« Clemens Kohl vergrub das Gesicht in den Händen. Was kein Problem war, denn seine Finger waren ebenso dick wie der Rest des Mannes.

»Ein Psychologe ist bei Frau Kohl«, flüsterte Häberle Gundi ins Ohr.

»Gut so«, dachte sie und wandte ihre Aufmerksamkeit wieder den Verdächtigen zu. »Herr Kohl, herzliches Beileid«, begann sie. »Können Sie uns sagen, was Ihr Vater gestern im Museum wollte? Gekommen ist er vermutlich freiwillig.«

»Was? Hallo? Woher soll ich das wissen? Ich war unterwegs und mein Vater neigt oder neigte nicht dazu, mich über seine Termine zu informieren.« Der Junior reckte das Doppelkinn und schaute die Kommissarin wie ein trotziger kleiner Junge an. Der er wohl auch war.

»Frechheit, uns hierher zu zitieren, Frau zu Tollern-Achteck.« Kohl wurde knallrot und spie die Worte förmlich aus. »Ich sollte jetzt bei meiner Mutter sein. In der Firma. Ich werde mich beschweren über Sie und Ihre Lakaien hier!«

»Na, na.« Häberle trat einen Schritt vor.

»Ist doch wahr, Himmelherrschaftszeiten. Da nebenan liegt mein Alter … äh Vater. Was soll das Affentheater hier?«

Gundi atmete tief ein und fragte dann betont ruhig: »Herr Kohl, wo waren Sie gestern Nacht zwischen 22 und 4 Uhr?«

»Wie bitte? Wollen Sie mich verdächtigen? Das ist lachhaft!«

Gundi wiederholte die Frage, dieses Mal lauter.

»Zu Hause. Im Bett.«

»Allein?«

»Das geht Sie einen feuchten Kehricht an.« Kohl schnaubte.

»Also allein«, schlussfolgerte Gundi. Es hätte sie auch gewundert, wenn dieses Ekelpaket eine Frau neben sich gehabt hätte.

»Nicht allein.« Kohl streckte sich und sah sie triumphierend an. »Meine Haushälterin wohnt im Haus. Die kann das bestätigen.« Gundi ließ sich den Namen der Perle geben, die ihr auf der Stelle leidtat. Für einen Kotzbrocken wie CK junior zu arbeiten war mit Sicherheit kein Spaß.

»Ich kann Ihnen sagen, was er hier wollte«, mischte Bernd Müller sich ein. »Wir hatten einen Termin.« Der Vorsitzende des Heimatvereins rutschte auf seinem Platz hin und her, so gut es wegen der Enge eben ging. Ihm war sichtlich unwohl – was entweder am Tod von CK liegen konnte oder an der Tatsache, dass er auf einem Ausstellungsstück saß, welches mit Sicherheit ein paar tausend Euro wert war.

»Am Sonntag?« Gundi hob fragend die Augenbrauen und stellte dabei fest, dass ihr Pony definitiv zu lang war.

»Ja, wann denn sonst? Der hatte doch nie Zeit.«

»Und worum ging es, Herr Müller?«

»Ums Museum.«

»Geht das ein bisschen genauer?« Gundi versuchte ein Lächeln, was ihr aber misslang.

»Hören Sie, Frau Kommissarin, ich gehe davon aus, dass Sie … sagen wir mal, etwas übereifrig sind und nicht wissen, mit wem Sie sprechen.« Müller lächelte süffisant.

Gundi spürte, wie ihr die Zornesröte ins Gesicht stieg. Sie

atmete tief ein und sagte dann erstaunlich ruhig: »Wo waren Sie zur Tatzeit, Herr Müller?«

»Jetzt langt's aber!« Müller sprang auf und stemmte die Hände in die Hüften. »Daheim war ich! Bei meiner Frau! Im Bett!«

Gundi erhob sich ebenfalls und starrte Müller Auge in Auge an. Eine Sekunde lang. Zwei. Dann wandte der Mann den Blick ab.

»Setzen Sie sich bitte wieder. Danke. Und nun noch einmal: Was wollten Sie und der Getötete am Sonntagabend hier im Museum?«

»Besprechung.«

»Weswegen?«

»Geld.«

»Genauer?«

»Er wollte seinen jährlichen Spendenauftrag kürzen.«

»Der immer sehr beträchtlich war«, mischte der Junior sich ein. »Sechsstellig.« Er klang ein bisschen protzig.

»Nun, eigentlich eine ganz dumme Sache. Und übrigens war ich wie gesagt um zehn bei meiner Mutter.« Müller machte eine Handbewegung, als wolle er eine lästige Fliege verscheuchen. »Herr Kohl war nicht einverstanden mit der geplanten Sonderausstellung im kommenden Jahr.«

»Was wohl keiner war«, meldete sich nun Jens Krause zu Wort. »Der Heimatverein wollte Märchen und Sagen aus dem Balinger Umland als Thema. Wir aber, ich spreche hier für die Firma von Herrn Kohl, wollten zum 100-jährigen Bestehen des Unternehmens eine Werkschau arrangieren.«

»Und nur wenn dies auch nach Herrn Kohls Wünschen eingerichtet würde, wollte er sich als Hauptsponsor beteiligen?«, riet Gundi.

Müller nickte vehement. »Ohne die privaten Gelder wäre das Museum nichts«, sagte er.

»Haben Sie sich gestritten?«

»Was glauben Sie denn?« Müller fixierte Gundi, senkte jedoch wieder den Blick. Einen Moment lang herrschte Schweigen und aus der Kammer nebenan war Stimmengemurmel und Scharren zu hören. Dann öffnete sich die Tür. Ein Kollege der Spurensicherung im weißen Overall kam heraus, das Kissen – also die Tatwaffe – in einer Plastiktüre verpackt in der Hand. Gundi stand auf und ging zu ihm.

»Darf ich?« Sie nahm das Kissen, setzte sich wieder und legte die Tüte auf ihren Schoß.

»Ist das … ist mein Vater damit?« Clemens junior wurde blass im aufgequollenen Gesicht.

Gundi nickte und sah aus den Augenwinkeln, wie die Mitarbeiter des Bestattungsunternehmens in der Kammer verschwanden. »Herr Krause, Sie als Prokurist der Firma … hatten Sie nicht per se einen engen Draht zu Herrn Kohl?«

»Wie?«

»Na, wenn Sie doch Einblicke in die Finanzen hatten?«

»Na ja, nein. Wieso? Also, sagen wir es so, menschlich war da nicht viel.«

CK junior schnaubte. »Menschlich? Dass ich nicht lache. Was an Ihnen soll menschlich sein? Sie verkrumpelter Zahlendreher!«

»Na, ich darf doch bitten!« Krause sah den Junior empört an.

»Wo waren Sie zur Tatzeit?«, wollte Gundi wissen und öffnete die Tüte. Sie war sich sicher, dass die Kollegen bereits alle brauchbaren DNA-Spuren gesammelt hatten.

»Zu Hause. Am Computer.«

»Kann das jemand bestätigen?«

»Nein.«

»Moment mal. Haben *Sie* meinen Vater …?« CK junior starrte Krause an. Der wurde blass. Gundi nahm das Kissen aus der Tüte. Die Strohfüllung raschelte, als sie es Krause zuwarf. Der fing das Kissen ungeschickt auf und hielt es von sich. Seine Augen röteten sich, begannen zu Tränen. Dann nieste er heftig. Der ganze Mann wurde durchgeschüttelt.

»Erkältet?«, fragte Häberle und reichte ihm ein Papiertaschentuch.

»Heuschnupfen.« Krause schnäuzte sich. Gundi nahm ihm das Kissen wieder ab. Dann erhob sie sich und sah die drei Männer der Reihe nach an.

»Sie und Sie können vorerst gehen«, sagte die Kommissarin zu zweien. Und zum dritten: »Sie allerdings dürfen sich als vorläufig festgenommen betrachten unter dem dringenden Tatverdacht des Mordes an Clemens Kohl.«

Die Verhaftung überließ sie Häberle, dem das ein sichtliches Vergnügen war. Dann eilte sie ins Untergeschoss, dieses Mal über die Treppe, da der Lift von der Bahre blockiert war, ging auf die Damentoilette und fummelte die Nagelschere aus der Handtasche. Kurz darauf lagen blonde Ponyflusen im Waschbecken.

»Jetzt geht's wieder!«

Wen lässt Gundi verhaften und warum?

Lösung: 11. Rätsel-Krimi

Bernd Müller widerspricht sich: Erst behauptet er, zu Hause im Bett gewesen zu sein, dann nennt er seine Mutter als Alibi. Kohl junior scheidet aus, das kann die Haushälterin bezeugen. Und der Prokurist wäre wegen seines Heuschnupfens gar nicht in der Lage gewesen, seinen Chef mit dem Strohkissen zu ersticken.

PRINZESSIN GUNDI ERMITTELT

»Meine Oma fährt im Hühnerstall Motorrad, Motoooorraaad, MOTOOORRAAAAD!« Gundi machte einen Satz zur Seite, um nicht von den drei Steppkes über den Haufen gerannt zu werden, die lauthals singend durch den Flur der Kindertagesstätte tobten. »Meine Omaaaa hat 'ne Glatze mit Gelähäään-der!«, krähte der vorderste der Jungs, ein Rotschopf mit Sommersprossen und Stupsnase. Der Mittlere drehte sich wie ein Kreisel, die Ärmchen erhoben, sodass seine halblangen schwarzen Haare flogen. Nur der letzte in der Reihe, ein blonder Junge mit Harry-Potter-Brille, winkte Gundi zum Gruß zu.

Die Kommissarin versuchte ein Lächeln. Sie hatte keine Ahnung, ob ihr das gelang. Vermutlich nicht, denn ihre Laune befand sich auf dem Tiefpunkt. Und jetzt auch noch ein Ohrwurm! Innerlich verfluchte sie Kollegin Bayer, die am Wochenende auf dem Lochen gewandert war und sich dabei den Fuß gebrochen hatte. Wäre die Gute zu Hause geblieben, müsste sie nicht hier stehen, um den Dreikäsehochs etwas über die Polizeiarbeit zu erzählen. Um die Sache rund zu machen, schloss sie gleich noch die Polizeidirektion, das Land Baden-Württemberg und sämtliche Pädagogen in die Verwünschungen mit ein. Die hatten sich das Programm ›Polizei zu Besuch bei den Kleinen‹ schließlich ausgedacht. Und waren allesamt schuld daran, dass sie mit dämlicher Mütze, Kelle und einem ganzen Koffer voll Zeugs hier stand und sich das Getöse der Kinder anhören musste.

»Meine Omahahaaaa fähähääääärt …« In dem Moment schwang die Tür mit der Aufschrift ›Regenbogengruppe‹ auf und eine Frau im selbst gestrickten Pulli streckte den Kopf heraus.

»Jonas, Leon und Bendix! Reinkommen!« Sofort verstummten die Sänger und zogen die Köpfe ein. Während die drei sich an der Erzieherin vorbeischlängelten, lächelte diese Gundi an. »Sind Sie von der Polizei?«

»Ja.« Zugegeben, das klang mürrisch.

»Toll! Wir warten schon auf Sie!« Die Frau machte eine einladende Bewegung und stellte sich als Mareike Kessler vor. Gundi straffte die Schultern, sagte sich selbst, dass 60 Minuten schnell vorbei waren, und folgte Mareike in den Gruppenraum. Als sich die mit einem übergroßen Regenbogen beklebte Tür hinter Gundi schloss, kämpfte die Kommissarin gegen den Fluchtinstinkt an. Aber sie lächelte tapfer. Mareike klatschte in die Hände und sofort flogen zwei Dutzend Kinderköpfchen herum und guckten die beiden Frauen aus großen Augen an.

»Ich habe euch jemanden mitgebracht!«, trällerte Mareike.

Die Kinder jubelten wie aus einer Kehle, sprangen von den winzigen Stühlchen an den winzigen Tischchen auf und drängten sich um die beiden Frauen.

»Wer bist du?«

»Wie heißt du?«

»Wo kommst du her?«

Tausend Fragen stürmten auf Gundi ein. Sie mochte Kinder. Eigentlich. Von Weitem. Aber das hier waren ihr definitiv zu viele auf einmal. Mareike sorgte mit einem erneuten Händeklatschen für Ruhe und gab ein paar Anweisungen. Kurz darauf hatte sich jedes Kind einen der kleinen Stühle geschnappt und in der Mitte des Raumes in den Stuhlkreis verfrachtet. Es sah ein bisschen so aus, wie Gundi sich eine Selbsthilfegruppe vorstellte. Nur dass die Teilnehmer viel kleiner waren. Sie selbst zwängte sich auch auf einen Stuhl und fragte sich, ob ihre Bandscheibe davon begeistert war. Wahrscheinlich nicht.

»Das ist die Frau von der Polizei«, stellte Mareike den Gast vor. Sofort brach Jubel aus.

»Ich werde Polizist!«

»Mein Papa hat gestern einen Strafzettel bekommen!«

»Verhaftest du Verbrecher?«

»Hast du eine Knarre dabei?«

Gundi musste unwillkürlich lachen. »Nein, habe ich nicht. Und ich glaube, bei euch brauche ich die auch nicht.« Sie atmete tief durch und öffnete den mitgebrachten Koffer. Die nächste halbe Stunde verging zu ihrem eigenen Erstaunen wie im Flug. Sie ließ die Kinder der Reihe nach die Mütze aufsetzen, die den meisten bis über die Augen rutschte. Die Jungs waren ganz angetan von der echten Polizeikelle und die Mädchen starrten gebannt auf das Set, mit dem Gundi den Kindern später zeigen wollte, wie man Fingerabdrücke abnahm. Als sie einer Kleinen mit leuchtend blauen Augen die Mütze auf dem Kopf gerade rückte, bemerkte sie aus den Augenwinkeln, wie einer der Steppkes nervös auf seinem Stuhl hin und her rutschte.

»Bendix, geh aufs Klo!«, befahl Mareike. Der Junge schüttelte den Kopf.

»Muss nicht.«

»Musst du wohl. Muss ich mitkommen?«

Wieder schüttelte er den Kopf. Dann sprang er auf und sauste aus dem Zimmer.

»Ist noch nicht ganz trocken«, wisperte Mareike ihr ins Ohr.

Gundi nickte und dachte bei sich, dass sie das nun wirklich nicht hatte wissen wollen.

»Hallo? Hallo?« Der singende Rotschopf von vorhin meldete sich wie ein Schüler – allerdings in der Miniausgabe.

»Ich muss auch mal!«

»Dann geh, aber beeilt euch.« Mareike seufzte. Gundi sagte »Huch«, als ein Mädchen mit langen braunen Zöpfen auf ihren Schoß schlüpfte, die Ärmchen um ihren Hals schlang und ihr ins Ohr flüsterte: »Ich bin eine Prinzessin. Bist du auch eine Prinzessin?«

Mareike nickte der Kommissarin aufmunternd zu. Gundi widerstand dem Impuls, das Kind von ihren Knien zu schubsen. »Ich bin keine Prinzessin. Nur eine Baroness.« Immerhin, zu Tollern-Achteck war ja was.

»Was ist das?«

»So was wie eine halbe Prinzessin«, erklärte Gundi. Das Mädchen drückte ihr einen Kuss auf die Wange und schmiegte sich noch enger an sie. Was erstaunlicherweise irgendwie süß war. Und gar nicht so unangenehm. Fast tat es Gundi leid, dass die kleine Prinzessin nicht länger auf ihrem Schoß sitzen bleiben konnte, denn die große Fingerabdruckaktion stand an. Jeder wollte der Erste sein und Mareike hatte einige Mühe, die Kinder zur Ordnung zu rufen. Schließlich war es geschafft, Mareike klatschte in die Hände, kündigte die Vesperzeit an und lud – zu Gundis Entsetzen – die Kommissarin dazu ein.

»Jaaaaa!«, schallte es aus gefühlten 300 Kinderkehlen. Ehe sie es sich versah, saß die Kommissarin in der Küche der Regenbogengruppe, vor sich eine Butterbrezel und ein Glas lauwarmen Früchtetee. Bendix quetschte sich links neben sie und bot ihr ein Stück seiner kleingeschnittenen Banane an. Gundi lehnte ab.

»Polizei! Polizeiiiiiii!« In der Tür erschien der kleine schwarzhaarige Tänzer und brüllte wie am Spieß. Alle Köpfchen flogen herum. Vor sich hielt er einen Rucksack mit aufgedruckten Autos, die Gundi vage aus einer Kinowerbung bekannt vorkamen. »Jemand hat mein Vesper geklaut!«

»Leon, ganz ruhig.« Mareike stand auf, ging vor dem Knirps in die Knie und wischte ihm mit einem Taschentuch die Tränen aus dem Gesicht.

»Du bist doch die Polizei«, flüsterte die kleine Prinzessin Gundi zu.

»Ja, das Vesper ist tatsächlich weg.« Mareike zeigte eine leere Tupperdose in die Runde. Dann zwinkerte sie Gundi zu. »Das wäre doch eine prima Gelegenheit, mal echte Polizeiarbeit zu zeigen!«

»Äh. Ich. Also …« Wie kam sie aus dieser Nummer bloß wieder raus? Gar nicht – das war ihr klar, als die Kinder jubelten.

»Na gut.« Sie stand von dem kleinen Stuhl auf, wobei ihre Knie sich massiv beschwerten. »Zuerst werde ich das Opfer befragen, also den Leon.« Sie schnappte sich den Dreikäsehoch an der Hand und ging mit ihm in den Gruppenraum. Dort erfuhr sie, dass er ein Käsebrot dabeigehabt hatte sowie eine geschälte und halbierte Möhre. Und dass er ganz bestimmt noch nicht gevespert hatte. Weil nämlich seine Mama ihm zum Frühstück vom Bäcker beim Edeka in der Heselwanger Straße ein Croissant gekauft hatte.

Gundi zwinkerte Leon zu. Der Junge schniefte. »Ich hab jetzt aber Hunger!«

»Das regeln wir. Weißt du, eigentlich kommen nur zwei Kandidaten infrage.« Leon sah sie aus großen Kulleraugen an.

»Ich müsste mal mit Jonas und Bendix sprechen.« Gundi streckte den Kopf zur Küchentür herein. Mareike konnte sich das Grinsen nicht verkneifen. Die beiden Kandidaten liefen puterrot an und kamen im Schleichtempo zu Gundi. Die Kommissarin schloss die Tür hinter den beiden und ging vor ihnen in die Knie, was ihr Meniskus mit einem leisen Quietschen quittierte.

»Ihr beide wart vorhin draußen auf dem Klo«, begann sie und wunderte sich selbst über ihre sanfte Stimme. Die *Verdächtigen* starrten beide auf den Boden und vergruben die Hände in den Hosentaschen. »Kann es sein, dass einer von euch Hunger hatte?«

»Ich nicht, ganz ehrlich gar überhaupt nicht!«, flüsterte Bendix und rückte seine Harry-Potter-Brille gerade.

»Ich mag gar kein Käsebrot«, nuschelte Jonas. »Ich war nur auf dem Klo.«

»Du bist nie wieder mein Freund! Und du auch nicht!« Der Bestohlene stampfte mit den Füßen auf den Boden.

»Na, na. Ihr seid doch gute Kumpels?« Die drei nickten. »Und Ihr singt so ein tolles Lied von der Oma.« Wieder nickten alle drei.

»Soll ich singen?«, wollte Bendix wissen und fing, ohne die Antwort der Kommissarin abzuwarten, schon an: »Meine Oma hat im hohlen Zahn ein Radiooo, ein Raaaadiooo …«

Gundi musste ein Lachen unterdrücken. Dann klopfte sie Leon auf die Schulter. »Ich denke, einer der beiden gibt dir was von seinem Vesper ab und dann vergessen wir das Ganze.«

»Wer denn?«, fragte der Bestohlene und presste seinen Rucksack an sich. Gundi tippte demjenigen auf die Schulter und beschloss in dem Moment, sich bei Gelegenheit mal wieder für das Kindergartenprogramm zu melden. Dann aber freiwillig.

Wer hat das Vesper gemopst?

Lösung: 12. Rätsel-Krimi

Jonas. Er konnte nicht wissen, dass sein Kumpel ein Käsebrot dabeihatte.

PS: Die Autorin entschuldigt sich dafür, dass sie Ihnen vermutlich einen Ohrwurm eingepflanzt hat und geht zur Buße im Hühnerstall Motorrad fahren.

DER SCHATZ DES ZAREN

»Schon sexy.« Gundi lächelte in sich hinein, als sie Peter nachsah, der an der Bar zwei Gläser Sekt besorgen wollte. Sie lehnte sich an das Geländer und ließ den Blick durch das Foyer der Balinger Stadthalle schweifen, wo Hunderte Theaterbesucher flanierten, plauderten und über die Aufführung der Tourneetruppe fachsimpelten. Ihr Tierarzt sah wirklich formidabel aus in seinem dunkelgrauen Anzug und auch sie selbst fühlte sich heute anders. Was am neuen Kleid liegen mochte, das sie für einen Schnäppchenpreis im Secondhandladen in der Bahnhofstraße ergattert hatte. Knöchellang, schlichter Schnitt, ein fast schwarzes Dunkelblau. Nur die Schuhe waren eine Qual. Gundi nahm sich vor, sie nach der Pause wieder auszuziehen und auch den zweiten Teil der ›Zauberflöte‹ barfuß zu genießen. Sah ja keiner.

»Die Heinemann hat ihre besten Zeiten auch schon hinter sich«, lästerte eine Frau im Vorbeigehen. »Von wegen Scala und so, das muss zwei Jahrzehnte her sein.«

»Also ich hab die schon mal im Fernsehen gesehen«, wandte der Begleiter der Dame ein. »Und der Papageno singt doch schön.« Dem Mann war anzusehen, dass er – wie vermutlich 80 Prozent der anwesenden Herren – nicht ganz freiwillig da war. Immerhin lief heute Abend Fußball. Den Rest des Gesprächs bekam Gundi nicht mit, denn in dem Moment stellte sich Ulf Scheller in ihr Blickfeld.

»Entschuldigen Sie«, sagte der Geschäftsführer der Stadthalle und reichte Gundi die Hand. »Ich weiß, Sie sind privat hier …«

»Bin ich. Tolle Aufführung.« Gundi schlug ein und sah, wie Peter mit zwei Sektgläsern in den Händen auf sie zukam. Er nickte Scheller zu und reichte Gundi das Glas.

»Wir haben leider ein kleines Problem«, flüsterte Scheller.

»Ist die Heinemann geplatzt?«, platzte es Peter heraus. Gundi musste sich auf die Zunge beißen, um nicht laut loszulachen: Die Opernsängerin war wirklich eine gigantische Erscheinung.

Allein durch ihre Leibesfülle nahm sie die Bühne für sich ein. Die Heinemann hatte, wie man so schön sagte, einen sehr großen Resonanzkörper. Gundi erinnerte sich an lange zurückliegende Fernsehauftritte der Sängerin. Und an diverse Berichte in bunten Blättchen, die im Wartezimmer von Ärzten auslagen. Demnach sei aus dem einstigen Weltstar eine zweitklassige Besetzung mit finanziellem Engpass geworden, die statt Fans öfter mal den Gerichtsvollzieher zu Besuch hatte.

»Sie wurde bestohlen«, raunte Scheller und hakte Gundi unter. »Bitte kommen Sie mit. Sie droht, die Aufführung abzubrechen.«

Peter verdrehte unmerklich die Augen. Gundi stürzte den Sekt in einem Zug herunter, zwinkerte ihrem Liebsten zu und folgte Scheller die Treppe hinunter, vorbei an Bürgermeister Heitermann und seiner Gattin, die sich über ihre Gläser hinweg tief in die Augen sahen, raus ins Freie und um die Stadthalle herum zum Künstlereingang. Scheller nestelte einen Schlüssel aus der Hosentasche und schloss auf.

»Hier kommt man nur mit Schlüssel rein?«, erkundigte sich Gundi.

Scheller nickte. »Raus geht's immer«, erklärte er und bat die Beamtin, ihm zu folgen. Gundi, die draußen gefröstelt hatte, fand sich in einem schmalen Gang wieder, von dem zahlreiche Türen abgingen. Hinter der dritten rechts hörte sie einen Mann Tonleitern trällern. Daneben kreischte eine Frau wilde Verwünschungen in einer nicht verständlichen Sprache. Scheller klopfte an jene Tür und trat ein, ohne eine Antwort abzuwarten. Gundi folgte ihm. Das Gezeter verstummte augenblicklich.

»Das ist Kommissarin zu Tollern-Achteck, Madame Heinemann.« Scheller deutete so etwas wie einen Diener an.

»Polizei. Eeeendlich!« Die Sängerin machte eine Bewegung, als wolle sie Gundi in die dicken Arme schließen, und ließ sich stattdessen mit einem Seufzen auf den Stuhl vor dem ringsum beleuchteten Spiegel sinken.

Gundi war beeindruckt. Vom riesigen Blumenstrauß neben dem Spiegel. Vom riesigen Busen der Diva. Vom riesigen Obstkorb. Alles hier schien – überdimensional. Auch die Tränen, die der Heinemann über die fleischigen Wangen liefen und dabei eine verschmierte Spur im dicken Bühnen-Make-up hinterließen. Von ihrem Platz im Zuschauerraum aus hatte Gundi die Sängerin als ziemlich natürlich aussehend wahrgenommen. Jetzt, nur einen knappen Meter entfernt, sah sie tiefe Furchen im Gesicht der Künstlerin und ein völlig überzogenes Make-up, das sie irgendwie an Bauernmalerei erinnerte.

»Mein Collier ist weg.« Die Heinemann griff nach den Papiertüchern und tupfte sich die Augen. Gundi setzte sich in den anderen freien Stuhl.

»Ich geh dann mal«, flüsterte Scheller. »Die Pause dauert eigentlich nur noch zehn Minuten. Werde wohl was von technischen Problemen durchsagen.« Als der Geschäftsführer verschwunden war, bekam Gundi eine geradezu märchenhafte Geschichte zu hören. Hätte die Heinemann mit ›Es war einmal …‹ begonnen, die Kommissarin hätte sich nicht gewundert.

Es sei in den 1980ern gewesen. Sie, die Opernsängerin, auf dem Höhepunkt ihrer Karriere, sang auf allen großen Bühnen der Welt. Alle großen Partituren. Mit den größten Künstlern. Es lag eine große Portion Wehmut in ihrer Stimme und die Diva konnte sich nicht verkneifen, einen etwas abschätzigen Blick durch die Garderobe schweifen zu lassen. »Jetzt singe ich also … hier.« Das ›hier‹ klang fatalistisch.

»Was mich sehr freut, Sie sind fantastisch«, warf Gundi ein. Die Heinemann lächelte.

»1982 sang ich im Kreml. Auf persönliche Einladung von Breschnew.« Gundi war beeindruckt. Erst recht, als die Heinemann vom Eisernen Vorhang, den bescheidenen Verhältnissen in Russland und den zehn Aufführungen vor ausgesuchten Parteigenossen berichtete. Am letzten Abend dann, sie habe schon die Koffer für den Weiterflug nach London gepackt, habe es an die Tür des Hotelzimmers geklopft. Doch statt des bestellten Kaviars, den sie als Mitternachtssnack einnehmen wollte, habe ein Mann davor gestanden, der eine Mischung aus George Clooney, Prince William und Rhett Butler gewesen sei, mit einer guten Prise Doktor Schiwago. Die Kommissarin lächelte unwillkürlich und stellte sich vor, was sie mit einem solchen Kerl gemacht hätte.

Der Schönling stellte sich als Nikolai Nikolajewitsch Romanow vor, Urenkel des Zaren. Verbrachte eine heiße Liebesnacht mit der Heinemann und ließ ihr als Andenken eben jenes Collier zurück, das aus dem Besitz der kaiserlichen Familie stammte. Rubine, Smaragde und jede Menge Diamanten.

»Das Einzige, was mich an Nikolai erinnert. Er kam kurz darauf bei einem Unfall ums Leben.« Die Heinemann fasste sich an das schmucklose, aber deswegen nicht minder beeindruckende Dekolleté.

»Frau Heinemann.« Gundi räusperte sich. »Das ist eine … äh … wirklich schöne Geschichte. Vielleicht sollten sie daraus eine Oper machen.«

»Wie bitte?« Die Sängerin riss die Augen auf.

»Ich denke, Sie sollten jetzt auf die Bühne gehen. Und falls Sie den Diebstahl der Versicherung hätten melden wollen, dann sollten Sie das nicht tun. Ich glaube nämlich, hier wurde gar nichts gestohlen.«

Die Heinemann schnappte nach Luft.

Gundi stand auf. »Einen Gefallen könnten Sie mir tun«, sagte die Kommissarin.

Kurz darauf glitt sie neben Peter auf ihren Platz im Zuschauerraum und drückte ihm eine Karte in die Hand. Darauf das mit Photoshop geschönte Porträt der Diva und ein Autogramm. »Für Pjotr.« Peter lachte. Dann hob sich der Vorhang.

Wie kommt Gundi darauf, dass die Heinemann sie anlügt und es nicht um Diebstahl geht?

Lösung: 13. Rätsel-Krimi

Die Diva behauptet, das wertvolle Collier sei ein Geschenk des Urenkels des Zaren. Die Romanows aber wurden allesamt während der Revolution erschossen – es kann also gar keine Nachkommen geben. Da sie in finanziellen Nöten steckt, wollte sie vermutlich die Versicherung betrügen.

EISKALT

»Kann mal jemand die verdammte Musik ausmachen?!« Kommissarin Hermingunde zu Tollern-Achteck stand an der Bande der Eisbahn. Aus den Lautsprechern wummerte irgendein viel zu basslastiges Stück, das sie nicht kannte. Über der Eisfläche, die von unzähligen Schlittschuhen zerkratzt war, drehten sich Discokugeln und bunte Lautsprecher tauchten die Eisbahn im Balinger Industriegebiet in Partylicht. Es dauerte ein halbes Dutzend Takte, dann erstarb die Musik. Gundi atmete auf.

»Und wo ist jetzt der Tote?«, wandte sie sich an Kollege Häberle, der in seiner dunkelblauen Pudelmütze ziemlich albern aussah. Sie verkniff sich einen Kommentar zu den Strickkünsten von Häberles Gattin und folgte ihm in die Damenumkleide. Sofort fühlte die Kommissarin sich um mindestens zwei Jahrzehnte zurückversetzt. Kaum atmete sie den muffigen Geruch ungezählter Schweißfüße in der völlig überheizten Umkleide ein und betrat den Boden aus Gummimatten, war sie wieder 15 Jahre alt. Fast meinte sie, die drückenden Leihschlittschuhe zu spüren, den wackligen Gang auf den Kufen, ehe man die Eisfläche betrat. Kicherte. Sich an der Bande festhielt. Ein paar unsichere Runden lief und nach den Jungs Ausschau hielt. Darauf hoffend, dass einer der wilden Kerle, die im Höchsttempo über die Eisfläche schossen, einen auf einen Glühwein am Kiosk einlud. Die Träumerei wurde allerdings jäh unterbrochen, als der Gerichtsmediziner zur Seite trat und Gundi den Leichnam sah.

»Autsch.« Gundi riss die Augen auf. Sie hatte ja in ihrem Berufsleben schon viele Tote gesehen, aber das hier … autsch eben. Anstelle einer Begrüßung begann der Mediziner, der sich als Vertreter von Dr. Beinstatt vorstellte (der war im Skiurlaub), ihr ein detailliertes Bild dessen zu geben, was sie ohnehin sah. Aus dem Augenwinkel bemerkte Gundi, wie Häberle immer blasser um die Nase wurde und sichtlich um Fassung rang. Sie hoffte, der Kollege würde sich nicht übergeben, denn das könnte die Spurensicherung um einiges schwieriger gestalten. Ihre Hoffnung war vergeblich. Häberle erbrach sich. Zum Glück in den mit einem blauen Plastiksack ausgelegten Mülleimer.

»Der … örks … war leer«, beruhigte er seine Kollegin, ehe er nach draußen verschwand.

Gundi zuckte mit den Schultern und wandte sich dann wieder der Leiche zu. Ein Mann Anfang 20, der auf der Holzbank saß, den Rücken an die Wand gelehnt. Muskulöse Figur. Breite Schultern. Die Füße in Socken, daneben ein Paar Schlittschuhe, wie sie Eishockeyspieler trugen. Jeans. Und ein schwarzes T-Shirt mit dem Aufdruck ›Security‹. Offensichtlich einer der Aufpasser während der Eisdisco. Rasierter Schädel. Und mitten im Kopf stecke ein Schlittschuh. Damenmodell. Die Kufe hatte die Schädelplatte durchschlagen. Das Gesicht des Mannes war blutüberströmt. Auf den braunen Matten, die den Boden vor den Schlittschuhen schützen sollten, sah die Kommissarin ebenfalls ein paar Blutspritzer. Sie überschlug im Kopf die Distanz zwischen der Einschlagstelle des Schlittschuhs und dem Aufprall der Blutstropfen auf dem Boden. Machte eine ausholende Bewegung, als wolle sie selbst einen Schuh Richtung Leichnam schleudern. Und kam zu dem Schluss: Der Täter musste etwa in Augenhöhe ein paar Spritzer abbekommen haben.

»Autsch«, sagte Gundi noch einmal.

»Da muss ich ja nicht viel sagen«, meinte der Gerichtsmediziner. »Tatwaffe steckt. Und die Todesursache …«

»Sehe ich.« Gundi wünsche sich Dr. Beinstatt herbei. Dessen Vertreter gähnte, packte seine Sachen zusammen und verabschiedete sich mit dem Hinweis, dass er den Bericht morgen mailen würde.

»Wer hat denn den Mann gefunden?«, rief die Kommissarin dem Mediziner hinterher.

»Ich.« Gundi zuckte zusammen und fuhr herum. Erst jetzt bemerkte sie die junge Frau – ein Kind beinahe noch – die in einer Nische hinter der Tür hockte.

»Autsch«, dachte Gundi und ging zu dem Mädchen. Sie war

höchstens 17, langes blondes Haar, das unter einer roten Wollmütze steckte. Große blaue Augen und volle Lippen im blassen Gesicht. Sie zitterte, als sei ihr kalt. Ihre Füße nur in schwarzen Socken. In der rechten Hand hielt sie einen Schlittschuh. Dasselbe Modell, dessen Gegenpart sich im Kopf der Leiche befand.

»Ist das dein Schuh da im … äh …?« Gundi setzte sich neben das Mädchen.

Die junge Frau nickte.

»Wie heißt du?«

»Jenny. Also eigentlich Johanna.« Sie sprach völlig ruhig. Die Kleine stand sichtlich unter Schock und würde die Nacht wohl in der Balinger Kreisklinik verbringen. Doch ehe sie den Notarzt informierte, wollte die Kommissarin noch ein paar Dinge von Jenny wissen.

»Hast du gesehen …?«

»Nein!«, rief Jenny und ließ den Schlittschuh fallen. Flüsternd berichtete sie, dass sie eigentlich nach Hause gehen wollte. Sich die Schlittschuhe ausgezogen hatte. Außer ihr und dem nun Toten war niemand in der Umkleide gewesen. Der Kerl hatte sich ebenfalls von seinen Schuhen befreit. Sei dann auf sie zugekommen. Wollte sie in die Ecke drängen.

»Der hat mich schon den ganzen Abend so eklig angeschaut«, sagte Jenny. »Der ist mir die ganze Zeit nachgefahren auf dem Eis. Aber ich hab doch einen Freund!« Jenny sei es gelungen, sich aus der Ecke zu befreien und auf Socken nach draußen zu rennen. Dort sei sie auf die beiden Kollegen des Security-Mannes gestoßen. Diese seien, ohne groß zu fragen, in die Umkleide gerannt und kurz darauf wieder herausmarschiert.

»Hast du ihnen was gesagt, ich meine, dass der Mann dich bedrängt hat?«

Jenny schüttelte den Kopf. »Das ging ja viel zu schnell, die haben mich beinahe über den Haufen gerannt. Ich hab nur noch gesehen, wie die beiden sich meinen Schlittschuh zugeworfen haben und auf den Mann zugegangen sind, dann ist die Tür zugeklappt. Ich konnte ja nicht wissen, dass … oh mein Gott!«

»Ist dir sonst etwas aufgefallen?«, fragte Gundi sanft und legte dem Mädchen die Hand auf die Schulter.

»Na ja, nein. Halt nur, dass die drei sich mal echt in die Wolle gekriegt haben. Aber das hab ich nur von Weitem gesehen, ich war ja auf dem Eis.« Jenny schluchzte jetzt haltlos und die Kommissarin half ihr auf, führte sie hinaus und übergab sie an die beiden wartenden Sanitäter, welche von Häberle zum Tatort gerufen worden waren. Gundis Kollege saß auf der Zuschauertribüne, einen Pappbecher mit Glühwein in den Händen, und hatte wieder etwas mehr Farbe angenommen. Gundi setzte sich neben ihn.

»Geht's wieder?«

»Japp.« Häberle nickte und bot Gundi den Becher an. Sie lehnte ab, obwohl der Glühwein wirklich fantastisch roch.

»Der Tote heißt Edgar Werther. Security. 28. Aus Engstlatt.« Der Kassierer habe Häberle, nachdem er dem Wachtmeister einen mit einem guten Schuss Wodka verstärkten Glühwein eingeschenkt habe, die Personalien des Toten gesagt. Und ebenso dass Werther mit zwei Kollegen im Einsatz gewesen sei. Juri irgendwas und Vladimir nochwer.

»Und wo sind die jetzt?«

»Herrenumkleide. Nicht doch 'nen kleinen Schluck?«

»Danke, Häberle. Später.« Gundi stand auf und ging zum Umkleideraum der Männer. Stieß die Tür auf und staunte nicht schlecht, als sie die beiden Männer nebeneinander auf der Bank sitzen sah. Zwillinge. Beide so groß wie ein doppeltüriger Kleiderschrank. Ebenso massig. Schwarze Locken, die dem einen locker vom Kopf standen, dem anderen nass an der Stirn klebten. Beide hatten die Arme vor der sicherlich im Studio trainierten muskulösen Brust verschränkt und sahen die Kommissarin wie trotzige Schuljungen an.

»Wer von Ihnen ist wer?«, begann Gundi.

»Vladimir«, sagte der Mann mit den nassen Haaren. Sein Bruder stellte sich mit demselben angenehmen russischen Akzent als Juri vor.

Die Kommissarin beschloss, ohne Umschweife zur Sache zu kommen. »Sie wurden gesehen, wie Sie in die Damenumkleide gestürmt sind. Ihr Kollege wurde mit einem Schlittschuh erschlagen und alles deutet darauf hin, dass Sie einen Streit hatten. Also dass Sie beide dringend tatverdächtig sind.«

Die beiden grinsten und Gundi konnte sich denken, warum: Sicher wäre der Schlittschuh voller DNA-Spuren. Allerdings würden die, anders als die Fingerabdrücke, nur einem Mann zuzuordnen sein. Bei eineiigen Zwillingen musste selbst die hochmoderne Rechtsmedizin in solchen Fällen dann und wann passen oder eben die ganze Kunst der Zunft in die Waagschale werfen.

»Ja und?« Vladimir grinste schief.

»Sie haben sich mit dem Toten gestritten«, hakte Gundi nach.

»War ein Arschloch«, erklärte Vladimir und wischte sich mit dem Ärmel seines Security-Shirts über die nasse Stirn. »Hat Elena gefickt.«

»Wer ist …?«

»Unsere Cousine. Ist schwanger.« Juri knirschte mit den Zähnen. »Wollte Kind nicht. Ist Sache von Ehre.« Dann Schweigen. Gesprächig waren die beiden nicht.

Gundi seufzte. »Klar ist, einer von Ihnen war es.«

Die Zwillinge sahen sich an, zwinkerten sich zu und grinsten die Kommissarin an. Wahrscheinlich hatten sie mit ähnlichen Spielchen bereits in der Schule geglänzt.

»Haben wir gleiche Gene. Kannst du lange raten, Frau Polizist.« Juri ließ eine Reihe perlweißer Zähne blitzen, unterbrochen nur von einem glänzenden Goldzahn im Oberkiefer.

»Muss ich nicht raten. Weiß ich auch so.« Gundi zog ein paar Handschellen aus der Hosentasche und ließ sie blitzschnell um die Hände des Mörders schnappen. »Sie sind verhaftet. Ihr Bruder darf Sie gerne zur Wache begleiten.«

Wen verhaftet Gundi und warum?

Lösung: 14. Rätsel-Krimi

Vladimir. Er hat noch nasse Haare, vermutlich, weil er sich die Blutspritzer aus dem Gesicht gewaschen hat.

SCHWITZKASTEN

Hermingunde zu Tollern-Achteck widerstand dem Versuch, sich die Nase zuzuhalten. Sie imaginierte ein Pfefferminzbonbon, ein uralter Trick, den sie auf der Polizeischule gelernt hatte. Dann sah sie sich in der Sauna um, in der es nach einer Mischung aus Fichtennadeln, Urin, Exkrementen und Schweiß roch. »Häberle, ruf den Beinstatt an«, rief sie dem Kollegen zu, der im Vorraum wartete. Anschließend begutachtete sie den Leichnam.

Seit die Putzfrau gegen acht Uhr den Toten entdeckt hatte, war eine gute Stunde vergangen. Die gute Fee des Hauses hatte zuerst die Ehefrau des Verstorbenen informiert. Der Sohn schließlich die Polizei. Und nun stand die Kommissarin in der mittlerweile wieder ausgekühlten Sauna im Keller der Villa von Dr. Kai-Uwe Strecker und dachte sich, dass es einen guten Grund gab, warum sie nie in die Sauna ging. Erstens vertrug Gundi die Hitze schlecht und zweitens gab es Dinge an menschlichen Körpern, die sie gar nicht sehen wollte. Wie den haarigen Bauch des Unternehmers. Die im Vergleich zu dünnen Beine. Und das beste Stück des Mannes, das eher ein Stückle war.

»Der hatte Angst«, sagte Gundi laut.

»Vielleicht war er einfach zu lang in der Hitze?«, rief Häberle von draußen.

»Das war er definitiv, aber nicht freiwillig. Sehen Sie mal, Häberle.« Der Angesprochene streckte den Kopf durch die halb verglaste Tür und rümpfte die Nase. »Da sind Kratzspuren an der Tür. Und dazu passen die blutigen Fingernägel des Toten. Außerdem hat er sich vor Angst buchstäblich in die nicht vorhandene Hose gemacht.« Gundi deutete auf das froschgrüne Handtuch auf der untersten Sitzbank. Es war zerknüllt und braun verschmiert.

»Ach so, jetzt versteh ich.« Häberle verschwand und kam Sekunden später mit einem Kantholz zurück. »Das lag neben dem Stapel für den Holzofen.« Häberle steckte das Kantholz durch den Türgriff. »Ich nehme an, damit wurde die Tür versperrt.« Gundi begutachtete die Sauna von außen. Ein kleiner weißer Plastikkasten mit Knöpfen und Reglern hing an der Wand neben der Tür. »Da wird also die Temperatur geregelt. Klassischer Schwitzkasten. Nur zu heiß und zu lang für Strecker.«

»Häberle, sprechen Sie mit der Putzfrau. Die ist in der Küche. Ich gehe zu Frau Strecker und dem Sohnemann.« Die Polizisten durchquerten den Keller, kamen am Kasten der Alarmanlage vorbei, die offensichtlich im ganzen Haus verlegt war, stiegen die Marmortreppe hinauf. Häberle ging nach rechts durch die überdimensional große Empfangshalle Richtung Küche. Gundi nach links, öffnete die doppelflügelige Schiebetür und betrat den Wohnraum. Sie staunte nicht schlecht über dessen Größe und den Panoramablick Richtung Balingen – für eine solche Aussicht auf den Kirchturm würde so mancher Architekt morden.

Die Hinterbliebenen saßen auf dem riesigen weißen Sofa, die Witwe auf der einen, der Sohn auf der anderen Seite eines Glastisches, der größer war als Gundis Doppelbett. Aus jedem Möbelstück in der Villa schien das Geld buchstäblich zu tropfen. Offensichtlich ließ sich mit dem Verkauf von Sammelalben eine Menge Kohle machen. Gundi stellte sich vor und setzte sich in einen der vier Sessel, in dem sie beinahe versank.

Caroline Strecker tupfte sich mit einem Taschentuch die Augen. Sie sah ganz anders aus, als Gundi sich die Gattin eines erfolgreichen und millionenschweren Unternehmers vorstellte. Die Frau war farblos. Graues kurzes Haar. Kein Make-up (was auch an der noch frühen Stunde liegen mochte). Keinerlei Schmuck. Graue Wolljacke, graue Stoffhose. Schwarze Filzpantoffeln. Und Falten. Jede Menge Falten im hageren Gesicht. Dabei konnte sie, schätzte Gundi, höchstens Mitte 50 sein. Ganz anders der Sohn des Hauses. Jannick Strecker war eine jüngere Ausgabe des Vaters, beinahe ein Klon, und sicher ebenso dick wie sein Erzeuger. Strecker junior trug einen knallroten Bademantel mit einem aufgestickten Playboyhasen am Revers.

»Wann haben Sie Ihren Mann zuletzt gesehen?« Die Kommissarin beugte sich zu Frau Strecker.

Die schwieg einen Moment und sagte dann mit erstaunlich tiefer Stimme: »Gestern Nachmittag.«

»Mein Vater war dauernd unterwegs«, platzte Jannick raus.

»Bitte lassen Sie doch Ihre Mutter sprechen.« Gundi versuchte, nicht voreingenommen zu sein, aber der Typ war schlicht und einfach unsympathisch. »Also, Frau Strecker?«

»Gestern Nachmittag. Wir haben zusammen gegessen. Mittags. Dann hat er sich wie immer hingelegt. So um drei ist er noch mal in die Firma gefahren.«

»Und Sie?«

»Ich war im Garten.« Frau Strecker nickte Richtung Panoramascheibe und Gundi nahm zum ersten Mal den prächtig blühenden Garten wahr. Fast schämte sie sich, weil ihr eigenes Küchengärtchen mit dem trockenen Basilikum und dem maroden Estragon dagegen wie ein unbestellter Acker wirkte.

»Und danach?«

»Badewanne. Bett.«

»Meine Mutter nimmt starke Schlafmittel«, mischte Jannick sich erneut ein. »Sie hat üble Schmerzen.«

Frau Strecker verzog das Gesicht. »Die Bandscheibe.«

»Haben Sie irgendetwas gehört?« Gundi stellte die Frage, obwohl sie die Antwort kannte: Bei der Größe der Villa war es mehr als unwahrscheinlich, dass man selbst das lauteste Geräusch in den vermutlich oben untergebrachten Schlafzimmern vernahm. Auch ohne Schlaftabletten. Frau Strecker schüttelte denn auch den Kopf, ehe sie sich über die Augen wischte.

»Herr Strecker, und Sie?«

»Ich war im Bett.«

»Ich meine, wann Sie Ihren Vater zum letzten Mal gesehen haben?«

Strecker junior zuckte die Schultern. »Vorgestern? Keine Ahnung.«

»Aber Sie sind doch auch in der Firma beschäftigt? Und wohnen hier?«

»Was weiß ich, was mein Vater in der Firma macht? Ich bin in der Marketingabteilung. Erst mal. Muss mich in alles einarbeiten. Und wenn Sie wissen wollen, warum ich noch hier wohne – mein eigenes Haus wird gerade erst gebaut. Deswegen. Was aber nicht heißt, dass ich die Mahlzeiten gemeinsam mit meinen Eltern einnehmen muss.« Jannick klang wie ein dicker, trotziger Junge.

»War außer Ihnen beiden und Herrn Strecker noch jemand im Haus?« Gundi beugte sich vor, fixierte erst die Witwe, dann den Sohn. Beide verneinten.

»Die Putze kam heute Morgen. Sie hat ihn gefunden. War nicht zu überhören, ihr Schreien war übelst laut, sie hat uns geweckt«, sagte Jannick und kratzte sich am fleischigen Ohr.

»Frau Häsler kommt jeden Tag, so gegen acht. Der Staubsauger und das Zeugs steht im Keller. Und mein Mann … er liebte die Sauna … jedenfalls haben wir gleich vom Apparat oben die Polizei gerufen. Frau Häsler sagte, wir sollen das … ihn … lieber nicht anschauen«, fügte seine Mutter hinzu.

»Wir gehen davon aus, dass Herr Strecker, nun ja, sagen wir mal … nicht ganz freiwillig so lange in der Sauna war.« Gundi entschloss sich, in die Offensive zu gehen. »Und wenn wir weiter davon ausgehen, dass dank der Alarmanlage niemand unbemerkt ins Haus kommen konnte, drängt sich mir der Verdacht auf, dass einer von Ihnen ein wenig, sagen wir mal … nachgeholfen hat.«

»Frechheit!«, platzte Jannick heraus.

Seine Mutter riss Mund und Augen auf. »Sie meinen …?«

»Die Tür wurde von außen versperrt. Was sowohl Ihnen, Frau Strecker, als auch Ihnen, Herr Strecker, möglich gewesen wäre.«

»Können Sie mir mal verraten, wieso jemand den alten Herrn mit seinem grünen Badetuch da unten einsperren sollte?« Der Junior schüttelte den Kopf. »Wir hatten keinen Streit. Überhaupt keinen.«

»Das glaube ich Ihnen nicht so ganz. Irgendwas ist doch immer.« Gundi erhob sich, was ihr wegen der weichen Sesselpolsterung einige Mühe abverlangte. In dem Augenblick streckte Häberle den Kopf in den Salon.

»Sie können den jungen Mann begleiten, er sollte sich umziehen und dann mit zur Wache kommen«, sagte die Kommissarin zu ihrem Kollegen.

»Ich? Wieso das denn?« Strecker junior wurde erst knallrot, dann leichenblass.

»Das erkläre ich Ihnen gerne.« Gundi konnte sich ein Grinsen nicht verkneifen. Strecker würde sich für längere Zeit von seinem Playboy-Bademantel verabschieden müssen. Im Knast war der bestimmt nicht erlaubt.

Warum verhaftet Gundi den Junior?

Lösung: 15. Rätsel-Krimi

Er hat sich selbst verraten, denn obwohl weder er noch seine Mutter angeblich mitbekommen haben, dass das Opfer überhaupt in der Sauna war, wusste er, welche Farbe das Handtuch des Toten hatte.

BADETAG

Schon im Treppenhaus schlug Gundi der Geruch nach frischer Farbe entgegen. Neben der Briefkastenanlage (die Kommissarin zählte acht Namen) stand ein Eimer voll eingetrocknetem Mörtel, aus einer Wohnung drang das fiese Geräusch eines Bohrers. Sie drückte auf den Rufknopf des Aufzugs.

»Schick hier.« Kollege Häberle war sichtlich beeindruckt. Die Neubauwohnungen Richtung Heselwangen hatten ihn, erinnerte sich Gundi, vor etwa einem Jahr auch interessiert. Häberle und seine Frau wohnten seit Jahr und Tag in einem kleinen Reihenhaus, das nicht viel mehr war als eine auf drei Stockwerke verteilte Vier-Zimmer-Wohnung. Mit winzigem Garten. Und viel zu vielen Treppen für Häberles etwas angeschlagene Knie. Dann allerdings hatte der Polizeihauptmeister den Quadratmeterpreis für die Appartements gesehen und sich mit Blick auf sein Salär schnell dazu entschlossen, die Wohnungen doch nicht so toll zu finden. Gundi drückte auf den silbernen Knopf mit der Nummer 3. Der Lift glitt lautlos nach oben.

Drei Türen gingen vom Flur aus ab. Die mittlere stand offen. »Klaus und Inga Schwarz. Stimmt.« Gundi trat ein. Vor etwa 20 Minuten hatte der Rettungsdienst in der Wache angerufen. Männlicher Toter in der Badewanne. Routine.

»Hallo?«, rief die Kommissarin und staunte nicht schlecht über den weitläufigen Flur, dessen Deckenbeleuchtung an einen in der Decke versenkten Sternenhimmel erinnerte.

»Wohnzimmer!«, rief eine männliche Stimme, die dem Notarzt gehörte. Die Polizisten gingen geradeaus und Häberle seufzte ein bisschen wehmütig, als er das Wohnzimmer betrat. Es war wirklich eine tolle Wohnung, klasse Aussicht Richtung Balingen, riesiger Balkon, Panoramafenster. Aber sie waren nicht zur Wohnungsbesichtigung hier, rief Gundi sich selbst zur Räson. Auf dem cremefarbenen Sofa saß eine Frau, die Hände vor dem Gesicht, rechts und links flankiert vom Notarzt und dessen Assistenten.

Der Arzt stand auf. »Exitus. Badewanne. Vermutlich Suizid«, flüsterte er und führte Gundi ins Badezimmer. Innerlich stieß sie einen anerkennenden Pfiff aus: Das hier hatte wirklich Stil. Mal abgesehen von der Leiche in der überdimensional großen Wanne unter dem Fenster.

»Hui«, flüsterte Häberle und blickte sehnsuchtsvoll Richtung Dusche. Neben dem eigentlichen Brausekopf gab es noch zahlreiche Wanddüsen. Ein kleiner Kasten neben der Verglasung wies darauf hin, dass man sogar wählen konnte, in welcher Farbe die Halogenspots leuchten sollten. Gundi knuffte den Kollegen in die Seite und beugte sich über die Wanne.

»Klaus Schwarz. 54. Laut seiner Frau schwer depressiv«, erklärte der Notarzt, der sich anschließend als Kai Färber vorstellte, Arzt im Praktikum und derzeit beim Reinschnuppern im Notarztwagen eingeteilt. Gundi schätzte ihn auf keine 30. Nett, aber unerfahren. Färber berichtete, was ihm Frau Schwarz erzählt hatte. Ihr Mann sei nach dem Frühstück (Cornflakes und Schwarztee) ins Bad gegangen. Sie habe das Rauschen des Wassers gehört, in Ruhe Zeitung gelesen. Dann irgendwann habe es einen Knall gegeben, wie eine kleine Explosion.

Gundi nickte. Sie bat Färber, zurück ins Wohnzimmer zur Witwe zu gehen. Dann sah sie sich genauer um.

Jemand hatte das Wasser abgelassen, aber am Rand der Wanne klebte noch Schaum. »Halb voll gewesen«, murmelte die Kommissarin. Die Haare des Toten waren nass, letzte Schaumreste auf den schwarzen Strähnen lösten sich auf. Der Mann hatte die Augen geschlossen, den Mund aber weit geöffnet, als wolle er schreien. Die Arme lagen schlaff neben dem Körper. Und daneben ein Föhn.

»Hundertfuffzich Euro.« Gundi kannte das Gerät aus der Werbung und hatte selbst mehrfach der Versuchung widerstanden, sich das hochmoderne Profigerät zu kaufen. Ionisierung hin oder her, 150 Euro waren kein Pappenstiel. Der Stecker des Geräts war aus der Dose neben dem Doppelwaschbecken gezogen, aber das Kabel lag noch quer über dem flauschigen Vorleger.

Gundi öffnete den zweitürigen Spiegelschrank über dem

Waschbecken. Auf der einen Seite fand sie Rasierwasser, einen Nasenhaar-Rasierer, ein Ledermäppchen mit Nagelscheren, Zahnseide, eine Packung Magentabletten. Auf der anderen Seite standen neben zahlreichen Flakons und Cremetiegeln zwei Dutzend Schachteln mit Medikamenten. Gegen Kopfschmerzen, gegen Durchfall. Die meisten allerdings waren identisch blau. Gundi identifizierte anhand der Aufschrift ein Sedativum, das bei Depressionen eingesetzt wurde.

»Hm«, machte die Kommissarin und warf einen letzten Blick auf den toten Klaus Schwarz. Dann bedeutete sie Häberle, ihr zu folgen. Der konnte sich nur schwer vom Ausblick des Fensters neben dem Klo loseisen.

»So schön möchte ich auch mal Pinkeln«, murmelte der Polizeihauptmeister und folgte seiner Chefin ins Wohnzimmer. Färber klappte eben den Notfallkoffer zu.

»Ich schicke Ihnen den Bericht«, verabschiedete er sich von Gundi und verschwand samt Assistenten.

Die Kommissarin setzte sich neben die Witwe. Inga Schwarz starrte auf ihre Hände, mit denen sie ihre Oberschenkel knetete. Gundi bemerkte, dass die Bündchen des roten Pullovers feucht waren.

»Depressionen. Kann man nix machen«, sagte Inga Schwarz lahm und hob den Blick. Gundi sah in rot geränderte Augen.

»Die Ärzte in Stammheim sollen sehr gut sein«, entgegnete Gundi. Inga Schwarz sah sie verständnislos an. »Vielleicht werden Sie auch in die Psychiatrie im Rottenmünster gebracht, das habe ich nicht zu entscheiden. Aber ich verhafte Sie, Frau Schwarz, unter dem dringenden Verdacht, Ihren Mann getötet zu haben. Ich wette, in seinem Blut findet sich jede Menge Beruhigungsmittel und in seinen Lungen vermutlich Badeschaum.«

Wie kommt Gundi zu dem Schluss?

Lösung: 16. Rätsel-Krimi

Erstens standen die Antidepressiva im Badezimmerschrank der Frau, sodass davon auszugehen ist, dass die Medikamente Inga Schwarz gehörten. Und zweitens funktioniert in Neubauten die Sache mit dem Föhn in der Badewanne nicht – dann fliegt nämlich sofort die Sicherung raus.

WEIHNACHTSMANN

So kurz vor den Feiertagen war wenig los bei der Balinger Kripo. Mal abgesehen von den Plätzchen, die die Kollegen mitbrachten, störte Gundi nichts dabei, den Schreibtisch endlich aufzuräumen, Akten abzuheften und hin und wieder eine Partie Solitär auf dem PC zu spielen. Ihre Kundschaft, das wusste sie aus den Vorjahren, war wie alle Welt mit Weihnachtsvorbereitungen beschäftigt. Wenn es etwas zu tun gab, dann höchstens ein paar Ladendiebstähle oder Einbrüche, bei denen sie nicht wirklich gefragt war. Mord und Totschlag fanden eher zwischen Weihnachtsgans und Bescherung statt. Die Kommissarin begrüßte denn auch den Besucher in ihrem Büro mit einem arglosen Lächeln.

»Wollen Sie zu mir?«, fragte Hermingunde und spürte ein kleines Kribbeln, wie sie es aus Kindertagen kannte. Der Mann vor ihr trug eine Postuniform und Gundi fragte sich heimlich, wer ihr ein Päckchen schicken mochte, bestellt hatte sie jedenfalls nichts.

»Ja, leider«, antwortete der Mann. Gundi klappte vor Enttäuschung die Kinnlade herunter, als er fortfuhr. »Ihre Kollegen haben Stress und gesagt, dass ich zu Ihnen kommen soll. Ich weiß schon, dass die Kriminalpolizei nicht wirklich zuständig ist.«

Gundi nahm sich vor, jenen Kollegen einen Anpfiff zu verpassen, lächelte dem Mann aber dennoch freundlich zu, bot ihm einen Platz und die Schale mit Zimtsternen aus der Bäckerei von Häberles Frau an. Der Mann lehnte ab, entschuldigte sich noch einmal für die Störung und stellte sich dann als Sigmar Walther vor.

»Eigentlich bin ich sonst in Frommern oder Weilstetten zuständig«, erklärte er. »Aber na ja, Feiertage und so.«

»Da sind viele im Urlaub.« Gundi biss in einen Zimtstern. Das Gebäck war perfekt. Sie nahm sich vor, Häberles Frau eine Weihnachtskarte zu schreiben und sie um das Rezept zu bitten.

»Richtig. Also, ich bin jedenfalls jetzt bis nach Silvester in

Balingen. Und da habe ich das hier gefunden.« Walther zog einen Packen geöffneter Briefe aus der Tasche seiner Uniformjacke und legte sie vor Gundi auf den Tisch. »Das sind 82«, setzte er hinzu.

»Und?« Die Kommissarin begriff nicht ganz, was der Mann wollte.

»Die lagen im Mülleimer beim Gymnasium. Ich wollte ein benutztes Taschentuch reinwerfen und hab die gesehen.«

»Aha.« Gundi zog das rote Gummiband ab, mit dem die Umschläge zusammengehalten wurden. Sie blätterte durch den Stapel. Die Adressen lagen allesamt im Gebiet rund um das Schulzentrum. Allerdings stand auf jedem Umschlag ein anderer Name.

»Die waren schon geöffnet.« Walther beugte sich vor. »Und leer.«

Gundi nahm einen beliebigen Umschlag, auf dem der Empfänger mit blauem Kugelschreiber notiert war, in einer Handschrift, die sie von älteren Leuten kannte. Im Umschlag lag eine Weihnachtskarte. Gundi schaute in einen zweiten Umschlag, abgeschickt von einem ›Opa Willi‹ aus Cuxhaven. Oben aufgerissen. Ein roter Streifen auf dem Papier, wie von Nagellack. Nur eine Karte darin. Auch im nächsten aus Sonthofen und dem übernächsten aus Tübingen nichts außer weihnachtlichen Grüßen. Die Briefe waren alle am 15. und 16. Dezember abgestempelt worden. Sie sahen aus, als seien sie sehr hastig aufgerissen worden. Auf manchen prangten kitschige Sticker mit Engelchen und Tannenbäumchen. Auf dreien waren rote Striche.

»Ach jetzt!« Gundi schluckte die letzten Zimtsternkrümel herunter. »Sie meinen, da war Geld drin? Als Weihnachtsgeschenk?«

»Vermutlich.« Simon Walther nickte nachdrücklich. »Jedenfalls gehören die Briefe nicht in einen Mülleimer.«

»Aber warum kommen Sie damit zu mir? Wären da nicht Ihre Vorgesetzten bei der Post erst einmal zuständig?«, wollte Gundi wissen.

»Ich wollte das nicht gleich an die große Glocke hängen«, erklärte der Postbote.

Gundi fragte sich, ob die Glocke der Post oder die der Kripo größer war, sagte aber nichts. »Sie gehen davon aus, dass der Inhalt der Briefe gestohlen wurde«, rekapitulierte sie. »Und das vermutlich von einem Ihrer Kollegen?«

»Richtig.«

»Haben sich denn schon Leute beschwert, dass Post verloren ging?«

»Nein. Doch. Aber in der Vorweihnachtszeit ist ja alles ein bisschen anders.« Walther zuckte mit den Schultern. »So viele Pakete und Päckchen …« Gundi wusste, dass der Geschenketrubel an den Feiertagen für die Männer und Frauen der Post Schwerstarbeit war und viele Überstunden bedeutete. Sie selbst kaufte konsequent im Balinger Einzelhandel ein, frei nach dem Motto: Was sie nicht anfassen konnte, das taugte auch nichts.

»Also gut. Wer ist denn für den Bezirk zuständig?«

»Wir teilen uns das. Also das heißt, ich ja sonst nicht, bin ja in Frommern …«

»Und Weilstetten, ich weiß.«

»Ja. Also, sonst ist das der Peter Adam. Den vertrete ich, der hat es mit der Bandscheibe. Ist noch bis Januar in Reha. Dann bin ich wieder in Weilstetten …«

»Und Frommern.«

»Genau. Na ja, an Weihnachten haben wir auch viele Aushilfen. Ich hab extra noch mal auf dem Plan nachgeschaut, wie die genau heißen. Der eine ist Stefan Damm und die andere Daniela Klatt. Kenn ich aber beide kaum.« Der Postbote holte tief Luft. Gundi bemerkte, dass der Mann nervös die Hände knetete. Anscheinend nahm er seinen Beruf sehr ernst.

»Ich will ja niemanden anschwärzen«, erklärte er. »Aber so geht's ja nicht!«

»Stimmt.« Gundi gab ihm recht und bot ihm abermals ein Plätzchen an. Dieses Mal langte er zu.

»Es kann schon verlockend sein, da zuzugreifen«, sinnierte

Gundi mit Blick auf den Stapel aufgerissener Umschläge. Sie nahm nicht an, dass die Aushilfen bei der Post ein Vermögen verdienten. Sie überlegte einen Moment, dann schob sie die Briefe ordentlich zusammen und packte das Gummiband wieder darum.

»Auf große Glocke habe ich auch keine Lust«, gab sie zu. »Nicht so kurz vor den Feiertagen. Aber ich denke, wir werden einen ihrer Kollegen besuchen. Mit etwas Glück finden wir wenigstens einen Teil des Geldes und Sie, Herr Walther, können ein bisschen Weihnachtsmann bei den Empfängern spielen.«

Der Postbote sah sie fragend an. »Und wen haben Sie in Verdacht?«

Gute Frage – wen verdächtigt Gundi und warum?

Lösung: 17. Rätsel-Krimi

Peter Adam kann es nicht gewesen sein, der ist in Kur. Es kommen nur Stefan Damm und Daniela Klatt infrage. Die roten Striche auf manchen Umschlägen stammen von Nagellack und es ist unwahrscheinlich, dass Damm sich die Nägel lackiert. Deswegen muss Daniela Klatt die Täterin sein.

OSTERHASE

»Kann es nicht sein, dass Sie einfach vergessen haben, den Stall richtig zu schließen?« Häberle war sichtlich genervt. So kannte Hermingunde ihren Kollegen gar nicht. Der Wachtmeister war sonst die Ruhe in Person. Vielleicht lag es ja daran, dass Samstag war, kurz vor elf Uhr, und dass Häberle eigentlich in der Stadt sein wollte, ein Ostergeschenk für seine Frau besorgen. Männer waren in solchen Dingen ja eher kurzentschlossen. Gundi grinste, als sie sich vorstellte, wie ihr Peter gerade durch die City zog, um ein Geschenk für sie zu kaufen. Sie hoffte, dass er entweder in die kleine Buchhandlung in der Freihofstraße oder in den total verrückten Laden in der Neuen Straße ging. Dort hatte sie für ihren Liebsten ›Detlef‹ erstanden, eine kuriose Eieruhr, mit dem ihm hoffentlich die heiß geliebten Frühstückseier perfekt gelingen würden.

»Ich bin doch nicht blöd, natürlich war der Stall zu!« Wie zum Beweis rüttelte Eberhard Völler an der mit Maschendraht vergitterten Tür des Holzverschlags. »Ich lass doch den Rambo nicht freiwillig frei, der ist wertvoll, Zuchtrammler!« Völler schüttelte den Kopf so vehement, dass seine schwabbeligen Wangen wackelten wie Pudding bei einem Erdbeben. Wäre der Mann nicht Häberles Nachbar, wäre Gundi sicher nicht gekommen, um sich auf die Suche nach einem verschwundenen Karnickel zu machen.

»Der Fuchs kann's ja wohl nicht gewesen sein«, sagte die Kommissarin ein bisschen gelangweilt. »Der kommt da gar nicht dran.«

»Eben!« Völler sah Häberle und Gundi triumphierend an. »Hab den Stall ja nicht umsonst so hoch gebaut.«

»Das ist in der Tat … beeindruckend«, sagte Häberle und verdrehte hinter dem Rücken seines Nachbarn die Augen. Gundi erinnerte sich an die gelegentlichen Klagen des Kollegen über den überquellenden Kompost, auf dem der Kaninchenzüchter den Mist entsorgte und der unglücklicherweise genau an Häberles Terrasse grenzte. Im Sommer eine olfaktorische Zumutung, wie auch einige andere Nachbarn fanden.

»Niedlich«, murmelte die Kommissarin und streckte den Finger durch das Gitter der Box neben dem leeren Stall. Die weiße Häsin schnupperte.

»Das ist Marilyn. Wirft wohl bald.«

»Ah«, machte Gundi. Sie hatte den Hasen für gut gemästet gehalten und sich, wie sie zugeben musste, schon überlegt, ob der in Weis- oder Rotwein eingelegt besser schmecken würde. »Also, Rambo ist verschwunden.« Gundi wollte zum Ende kommen. Sie hatte zwar schon alles fürs Osternest besorgt, wollte aber noch den Teig für den Hefezopf ansetzen und ein paar Eier färben.

»Heute Morgen war der Stall offen.« Völler demonstrierte, wie weit die Tür aufgestanden hatte.

»Wann haben Sie den Hasen zuletzt gesehen?«, fragte Häberle.

»Kaninchen. Rambo ist ein Holländer.«

»Die Nationalität ist ja wohl wurscht«, rutschte es Gundi raus.

Der Züchter sah sie an, als sei sie von einem anderen Stern. »Das ist die Rasse«, knurrte er. »Und der ist echt wertvoll.«

»Wieso?« Gundi verstand zwar, dass Menschen an Tieren hingen, sie selbst liebte ihr Pferd ja auch. Aber ein Hase? Okay, die waren süß – aber eben auch lecker. Sie war es von Kindesbeinen an gewöhnt, dass Hühner oder eben Hasen gegessen wurden.

»Weil er ein Preiskarnickel ist. Und Nachkommen von ihm … ach, Sie haben doch keine Ahnung.« Völler knallte die Stalltür zu. Marilyn nebenan erschrak und machte einen entsetzten Hopser, wobei sie den Futternapf umrannte.

Gundi zog die Nase kraus. Sie beschloss, das Kichern zu unterdrücken. »Diebstahl also?«

»Diebstahl, Entführung, nennen Sie es, wie Sie wollen.«

»Ist Ihnen etwas aufgefallen?«

»Und ob.« Völler zeigte Richtung Hecke. Hinter der Hecke war ein Maschendrahtzaun mit einem kleinen Törchen. »Da sind die Blumen zertrampelt.«

Die Polizisten folgten ihm in den hinteren Teil des Gartens.

Tatsächlich waren einige der Tulpen und Narzissen platt. Gundi beugte sich über das Beet und entdeckte einen Schuhabdruck in der feuchten Erde. Grobes Profil, geschätzt Größe 44 aufwärts. Sie schielte zu Völlers Schuhe, die deutlich kleiner waren.

»Vermutlich ist der … äh … Täter über den Zaun geklettert.«

»Sag ich doch!«

Häberle schaute über das Tor. »Die haben ja eine neue Schaukel, wusste ich gar nicht«, sagte er.

»Die?«

»Da wohnen Schusters. Drei Kinder.«

»Drei laute Kinder«, mischte Völler sich ein. »So was von öko. Und die Blagen sind den ganzen Tag draußen, was für ein Geschrei. Und beschweren sich dann aber die ganze Zeit, dass meine Kaninchen angeblich stinken, und schmeißen mir dauernd Steine in den Garten. Elende Müslifresser.«

»Na, na!« Gundi schüttelte den Kopf.

»Ist doch wahr, die essen bloß Tofu und so Zeugs. Kaninchenfutter. Bäh.« Völler schüttelte sich theatralisch. »Haben meine Frau und mich mal zum Grillen eingeladen, ist ein paar Jahre her. Stellen Sie sich vor, sogar die Wurst ist bei denen aus Grünzeug!«

»Jedem das seine«, würgte Gundi die Tirade ab. »Und wer wohnt da?« Die Kommissarin deutete auf das zweite Nachbargrundstück.

»Pfister. Lehrer. Biologie. Will mir erzählen, wie ich meine Kaninchen halten soll.« Völler tippte sich an die Stirn. Gundi biss sich auf die Zunge, um nicht zu sagen, dass so ein winziger Stall sicher nicht artgerecht für die Langohren war. Sie schielte auf die Uhr. Halb zwölf. Erstens musste sie sich beeilen, zweitens knurrte ihr Magen – und die Essensdüfte, die aus den Nachbarhäusern drangen, machten es auch nicht besser. Der Geruch von Zwiebeln mischte sich mit dem von gebratenem Fleisch. Gundi schmatzte – und verschluckte sich an ihrem eigenen Speichel: Hinter der Hecke sah sie etwas Schwarz-weißes, Weiches, das mit Blut verschmiert war. Sie machte Häberle ein Zeichen, der sich über den Zaun lehnte.

»Scheiße. Rambo«, rief der Kollege.

Völler stieß ihn beiseite und gleich darauf einen Schrei aus. »Die haben den geschlachtet!« Er sprang so behände, wie Gundi ihm das gar nicht zugetraut hätte, über das Tor und hob blutigen Pelz des Rammlers in die Höhe. »Diese Säue!« Völler ballte die rechte Faust und hielt mit der linken Hand Teile des Fells in die Höhe. Dann brüllte er in Richtung eines der Häuser: »Ich zeig euch an!«

»Herr Völler?« Gundi legte ihm die Hand auf die Schulter. »Ich glaube, Sie verdächtigen die Falschen.« Sie zeigte auf das andere Haus. »Wenn, dann würde ich dort mal in den Topf schauen.«

»Mahlzeit«, brummte Häberle. »Dann wird's ja lustig in der Nachbarschaft.« Er stapfte davon. »Frohe Ostern.«

Welches Haus meint Gundi und warum?

Lösung: 18. Rätsel-Krimi

Das des Biologielehrers. Die anderen Nachbarn sind Vegetarier.

MATCHBALL

Gundi kniff die Augen zusammen. Die Sonne stand beinahe im Zenit. Kaum war die Kommissarin aus dem Auto ausgestiegen, brach ihr schon der Schweiß aus. Sie zwängte sich an den Altglascontainern vorbei und schob ein paar Schaulustige zur Seite, die sich an den Maschendrahtzaun drängten, der die Tennisplätze an der Eyach vom kleinen Park trennte. Die Leute murrten, verstummten jedoch sofort, als sie Häberle in seiner Uniform erblickten, der seiner Chefin auf dem Fuß folgte. Die Beamten winkten einem Mann in weißen Tennisshorts und durchschwitztem T-Shirt, der mitten auf dem Platz stand. Er kam zum Tor und ließ die Polizisten herein.

Auf dem zweiten Tennisfeld stand ein Dutzend Männer und Frauen. Die meisten kannte Gundi vom Sehen. Ein Teenager hielt einen Sonnenschirm mit dem Aufdruck ›Adlerbräu‹ fest. Gundi bahnte sich einen Weg durch die Sportler und sah Dr. Beinstatt, der etwas ratlos neben einem offensichtlich toten Mann stand, welcher auf dem roten Sand lag. Der Gerichtsmediziner begrüßte Gundi und Häberle mit einem Kopfnicken. Die Kommissarin grinste, als sie die schneeweißen Beine des Arztes sah, die in weißen Tennissocken steckten. Die Sporthose reichte ihm nicht mal bis zu den knochigen Knien.

»Gunnar Berger«, sagte Beinstatt und deutete auf den Toten, als wolle er ihn den Polizisten vorstellen.

»Hitzschlag?«, fragte Gundi und ging neben dem Mann in die Knie.

»Nein. Berger war keine fünf Minuten auf dem Platz, als er zusammengebrochen ist«, erklärte Beinstatt und stockte. Schluckte. Fasste sich wieder. »Wir wollten nur ein paar Bälle schlagen, bei der Hitze kann man ja nicht … soll man ja nicht … verdammt.« Der Gerichtsmediziner wischte sich über die Augen.

»Herzinfarkt?«, versuchte die Kommissarin es weiter. Der

praktische Pony, den sie seit Jahren immer gleich trug, fiel ihr in die Augen. Die Haare klebten an ihrer Stirn. Sie hatte ehrlich gesagt keine Lust auf etwas anderes als einen natürlichen Tod – dazu war es viel zu heiß. Vor ihrem inneren Auge tauchte eine Eiswaffel auf, gefüllt mit zwei Kugeln Vanille. Sie schluckte trocken und musterte den Toten. Bergers Gesicht war zwar blass, aber dennoch verschwitzt. Der Mund stand leicht offen, die Augen waren geschlossen. Seine Hände, die neben dem Körper im roten Sand lagen, wirkten merkwürdig verkrampft.

»Vielleicht, Infarkt. Das muss die Obduktion zeigen.« Dr. Beinstatt war sichtlich bemüht, so professionell wie möglich zu klingen.

»Er hatte … Gunnar … oh mein Gott.« Hinter sich hörte die Kommissarin eine Frau schluchzen. Sie drehte sich um und sah eine schlanke Mittvierzigerin, die von einem durchtrainierten Schönling festgehalten wurde. »Mein Mann war herzkrank«, presste die Frau gegen die kräftige Schulter des Sportlers hervor. Der strich ihr beruhigend über den Rücken.

Gundi kniff die Augen gegen das gleißende Licht zusammen. Hatte der Kerl, offensichtlich einer der Trainer des Tennisclubs, der Frau gerade die Zungenspitze ins Ohr gesteckt? Gundi richtete sich auf. »Frau Berger?« Die Dame fuhr herum. Gundi sah ihr eigenes Spiegelbild in der übergroßen Sonnenbrille der Frau.

»Ja. Oh mein Gott, das ist so schrecklich.« Die Dame taumelte. Gundi und der Trainer fassten sie unter den Armen. Zu zweit bugsierten sie die Witwe vom Platz zum weißen Flachdachbau, vor dem Tische und Stühle unter Sonnenschirmen standen, und platzierten Frau Berger im Schatten.

»Holen Sie Wasser«, bat die Kommissarin den Sportler. »Herr …?«

»Reiber. Frank Reiber.« Er verschwand und kam kurz darauf mit zwei Gläsern Wasser wieder. Eines reichte er der Witwe, die vorsichtig daran nippte. Das zweite drückte er Gundi in die Hand, die es in einem Zug leerte. Sie stieß leise auf, dann wandte sie sich Elvira Berger zu. Die erzählte stockend, was geschehen war, wobei Reiber ihr immer wieder beruhigend über den tief gebräunten Arm strich. Gundis Unterbewusstsein scannte derweil alle möglichen Gesichter und Orte ab, aber zu keinem wollte der Name Frank Reiber passen.

Das Ehepaar Berger, seines Zeichens Inhaber eines gut gehenden gutbürgerlichen Gasthauses mit angegliedertem Hotel (jetzt wusste Gundi auch, woher sie die beiden kannte, schließlich waren sie und ihr Liebster dort öfter zum Essen), war am Morgen wie immer kurz nach acht Uhr aufgestanden. Da das Ehepaar derzeit das Restaurant geschlossen hielt, hatten sie ausgiebig frühstücken können. Das hieß, Gunnar Berger hatte beherzt zugegriffen (Dr. Beinstatt würde später bei der Obduktion zwei Portionen Rührei mit Speck und drei Brötchen im Magen des Toten finden), seine Frau hatte nur ein wenig Melone geknabbert. Dann waren die beiden zum Tennisplatz aufgebrochen. Trotz der Hitze, schließlich war der Platz seit Tagen reserviert und Beinstatt, ein Sportskamerad, wollte man nicht enttäuschen, wenn jener extra aus Tübingen herfuhr.

»Umgezogen hat mein Mann sich. Dann hat er ein Glas Wasser getrunken. Und dann …« Elvira Berger stockte und starrte in die Ferne.

»Ist er zusammengebrochen«, ergänzte Reiber. »Einfach so. Nach einem Schlag mit der Rückhand.«

Gundi fixierte Reiber. Sie kannte ihn. Zumindest vom Sehen. Häberle und Beinstatt deckten auf dem Platz den Leichnam mit zwei Duschtüchern zu. Ironischerweise trug das blaue den Aufdruck ›Hot Hearts‹, das rote war mit dutzenden Blümchen bedruckt.

»Sie waren also mit Herrn Berger in der Umkleide?«, insistierte Gundi. Reiber schüttelte den Kopf und wandte sich dann in einer fließenden Bewegung um. In dem Moment machte es in Gundis Kopf Klack. Diese Bewegung kannte sie, wenn auch sonst im Stehen ausgeführt: Reiber war Apotheker. Vor gut acht oder neun Monaten hatte sie beim Nachtdienst in der Bahnhofsapotheke Nasentropfen gekauft. Sie erinnerte sich noch haargenau an den lästigen Schnupfen, der ihr und Peter einen Strich durch den geplanten Kuschelabend gemacht hatte.

Reiber winkte einem Mann zu. »Friedhelm war auch dabei.« Der Mann stieß sich vom Zaun ab und kam an den Tisch. Wie die meisten hier trug er Sportbekleidung. Seine allerdings war ziemlich verwaschen und ausgeleiert.

»Was?«

»Ich habe der Kommissarin eben gesagt, dass du auch mit Gunnar in der Umkleide warst«, sagte Reiber. »Das ist Friedhelm Meininger.«

Gundi nickte dem Mann zu. Obwohl am Tisch noch ein Stuhl frei war, machte Meininger keine Anstalten, sich zu setzen.

»Ja und?«, fragte er stattdessen. »Ist das verboten?«

»Herr Meininger, bitte, mein Mann ist … tot … können Sie da den Zwist nicht vergessen?« Die Witwe schüttelte betrübt den Kopf.

»Zwist?«, horchte Gundi auf.

»Ach was.« Meininger machte eine wegwerfende Handbewegung. »Ist mir doch viel zu blöd.«

»Herr Meininger war Koch bei uns. Bis er und mein Mann … nun, egal. Jetzt betreibt er einen Imbiss.« Das Wort ›Imbiss‹ sprach Elvira Berger so aus, als handele es sich dabei um eine eklige, haarige Spinne.

»Ist ja wohl nicht verboten.« Meininger schnaubte.

Gundi seufzte. »Ist Ihnen irgendetwas aufgefallen?«

»Nö. Ich guck doch anderen Kerlen nicht auf den Hintern. Und dem schon gar nicht.«

»Mir schon, also mir ist etwas aufgefallen«, mischte Reiber sich ein. »Gunnar hat vor dem Match noch seine blauen Pillen eingeworfen.«

»Viagra?«, rutschte es Gundi raus. Sofort schämte sie sich, aber von den Anwesenden schien keiner darauf eingehen zu wollen.

»Herztabletten«, erklärte die Witwe. »Zur Unterstützung.«

Gundi schwieg einen Moment. Dann sagte sie, an einen der

Anwesenden gewandt: »Ich denke, Sie werden auch Unterstützung brauchen. Allerdings juristische. Aber erst einmal betrachten Sie sich als verhaftet.«

Wen hat die Kommissarin im Verdacht?

Lösung: 19. Rätsel-Krimi

Meininger war sauer auf seinen ehemaligen Chef. Allerdings wusste Reiber, welche Farbe die Pillen hatten. Als Apotheker war es ihm ein Leichtes, die Tabletten oder deren Wirkstoff auszutauschen. Denn offensichtlich ist Reiber mehr als ein Trainingspartner für die Witwe.

KENNEDY IST TOT

»Nicht aufstehen.« Gundi vergrub ihre Nase in der kleinen Kuhle an Thomas' Hals und schlang die Arme um seinen nackten Bauch.

Ihr Liebster brummte, schob sie sanft beiseite und schälte sich aus dem Bett. »Ich habe Bereitschaft, ich muss ans Telefon.« Thomas Sauerberg schlich aus dem Schlafzimmer.

Momente später hörte das Telefonklingeln auf und Hermingunde zu Tollern-Achteck glitt dankbar zurück in den Schlaf. Die Leuchtziffern auf dem Wecker hatten gerade mal 5.10 Uhr angezeigt, definitiv keine Zeit, zu der sie an einem Sonntag aufstehen wollte. Kalbende Kühe oder was auch sonst ihren Tierarzt störte, waren ihr zu solch früher Stunde herzlich egal. Sie ließ sich treiben, sah Traumbilder von sich und Thomas, mit einer Flasche Merlot. Ein Rütteln an der Schulter riss sie aus der Fantasiewelt.

»Kennedy wurde erschossen!«

»Ach was? Und jetzt hat dich Jacky angerufen?« Gundi knurrte und versuchte, sich die Decke über den Kopf zu ziehen. Vergeblich, Thomas riss sie ihr komplett vom Leib.

»Das ist saukalt!«, beschwerte sich die Kommissarin.

»Du wirst gebraucht«, konterte der Tierarzt, drückte ihr einen Kuss auf die Stirn und verschwand im Bad. »Du hast fünf Minuten!«

»Sag mal, spinnst du?« Gundi rappelte sich auf. »Bist du jetzt beim FBI? Kennedy ist mir piepegal!«

»Nischd der Präschident«, nuschelte Thomas mit Zahnpasta im Mund. »Der Dackel. Heischd so wie der Geiger, Naidschel.«

»Du bist ein Dackel, wenn du glaubst, dass ich aufstehe«, moserte Gundi, tapste dennoch ins Bad. Vier Minuten später saß sie tatsächlich neben Thomas in dessen Jeep. Der trat das Gaspedal durch und lenkte den Wagen aus der Innenstadt Richtung Heselwangen, bog dann vor dem Reitstall auf die schmale und eigentlich nur für forstwirtschaftliche Fahrzeuge freigegebene Straße Richtung Streichen ab. Als die beiden den Bauernhof passiert und den Wald erreicht hatten, wusste Gundi Bescheid. Obwohl sie wegen des Namens des toten Hundes – Nigel Kennedy – immer wieder schmunzeln musste, brachte Thomas sie auf den Stand der Dinge: Die Jagdgesellschaft von Dr. Hermann Bruckner war gegen 4 Uhr von dessen Villa aus in den Wald aufgebrochen. Bruckner, von Haus aus Zahnarzt, hatte seinen Freunden aus Wirtschaft und Politik kapitale Wildschweine versprochen. Doch statt eines Keilers war einem Unglücksraben der Dackel des Hobbyjägers vor die Flinte gelaufen.

»Wahrscheinlich haben die gestern Abend zu viel Zielwasser gesoffen«, sagte Gundi und kicherte.

»Kann sein. Aber Bruckner geht davon aus, dass jemand absichtlich auf Kennedy geschossen hat.«

»Ach komm, bitte keine Verschwörungstheorie wie beim echten Kennedy.« Gundi löste den Gurt und stieg aus dem Wagen, als Thomas den Jeep neben dicken Limousinen am Waldrand parkte. Sie folgte ihm über einen schmalen Pfad. Im Wald war es noch beinahe nachtschwarz, obwohl die Sonne schon halb aufgegangen war. Nach wenigen Metern hatten die beiden eine Lichtung erreicht, auf der sechs Männer in grünen Lodenjacken standen. Zwei Hunde saßen brav neben ihren Herrchen, die allesamt auf den Kadaver des Dackels starrten. Oder eben auf das, was von dem Tier übrig war: Der Schütze hatte das Herz des Hundes getroffen und Kennedy dabei die halbe linke Schulter abgerissen. An der Schnauze des Tieres, aus der die Zunge hing wie ein schlaffer Lappen, klebten getrocknete Blutreste. Die Männer sahen betreten und schweigend auf die Jagdgewehre, die vor ihren Füßen auf dem Boden lagen, als die Kommissarin und der Tierarzt kamen. Nur einer trat vor und stellte sich als Dr. Bruckner vor. Seine Hand war eiskalt, bemerkte Gundi, als sie in sie zur Begrüßung einschlug. Während Thomas den toten Kennedy untersuchte, nahm die Kommissarin den Jäger beiseite. Die beiden gingen ein paar Schritte über die Lichtung, bis sie außer Hörweite der anderen waren.

»Das hat jemand mit Absicht gemacht«, presste Bruckner hervor. »Schöne Freunde sind das.« Er machte ein Gesicht, als wolle er die anderen fünf Männer anspucken.

»Wie kommen Sie darauf?«, hakte Gundi nach.

»Na hören Sie mal, so ein Dackel sieht ja wohl völlig anders aus als eine Wildsau! Sogar im Dunkeln!«

»Kann es nicht sein, dass jemand den kleinen Dackel für ein junges Wildschwein gehalten hat?« Für Gundi gut vorstellbar.

»Frischlinge heißen die. Und nein, ganz bestimmt nicht. Wir gehen nicht auf Frischlinge, mal abgesehen davon, dass heuer keine in meiner Jagd geboren wurden. Wir haben zwei Keiler erlegt, weiter drin im Wald. Na und als ich den Schuss auf der Lichtung gehört hab, habe ich sofort die Jagd abgeblasen. Wir sind alle zur Lichtung gerannt, und da lag Kennedy … abgeknallt.«

Gundi nickte. Bruckner fuhr fort. »Ich muss zugeben, dass es gestern Abend etwas, sagen wir mal, sehr hoch her ging.«

Das glaubte ihm die Kommissarin angesichts der Schnapsfahne sofort.

»Und dann gab eins das andere«, erzählte Bruckner. Er habe gegen Mitternacht Musik aufgelegt. Geigenkonzert. Der Dackel habe sein Kunststück zum Besten gegeben: er *sang* die Partie mit. Daher auch der Name des Tieres, Nigel Kennedy wie der berühmte Geiger. Allerdings habe das die beiden anderen Hunde gereizt und die drei seien aufeinander losgegangen. Gundi sah zu Thomas, der sich jetzt über die beiden anderen, quicklebendigen Dackel beugte. Deren Besitzer gestikulierten wild.

»Da ist ein bisschen Blut geflossen, auf allen Seiten.« Bruckner verdrehte die Augen.

»Und Sie meinen, einer der Hundebesitzer hat …«

»Kennedy ermordet. Genau.«

Gundi musste sich ein Grinsen verkneifen, ging dann zu Thomas und den anderen. Die beiden Hundehalter stellten sich als Gregor Kaiser (Herrchen von Asta) und Max Bach (Herrchen von Tassilo) vor.

»Nur ein paar kleine Kratzer«, beruhigte Thomas mit seiner tierärztlichen Autorität die Jäger. Kaiser schnaubte.

»Ein kleiner Kratzer sieht ja wohl anders aus. Meiner Asta fehlt das halbe Ohr!« Was Gundi etwas übertrieben fand. Zwar war das Schlappohr des Dackels blutverkrustet, der restliche Hund kam ihr aber sehr zufrieden vor. Und auch Tassilo machte, abgesehen von einer kleinen Wunde am rechten Vorderlauf, einen sehr lebendigen Eindruck.

»Wer seinen Köter nicht im Griff hat, der muss Konsequenzen ziehen«, schwadronierte Bach. »Ein Jagdhund hat zu funktionieren, basta.«

»Haben Sie geschossen?«, fragte die Kommissarin rundheraus.

»Quatsch!«

»Keiner hat hier geschossen«, mischte Kaiser sich ein.

»Na, das werden wir ja sehen«, dachte Gundi und nahm erst das Gewehr von Kaiser, dann das von Bach in Augenschein. Mangels anderer Mittel musste sie sich buchstäblich auf ihre Spürnase verlassen. Kaisers Gewehr war entsichert. Beide Läufe rochen nach einem jüngst abgegebenen Schuss.

»Beide haben geschossen«, stellte sie fest.

»Ja logisch, ist ja eine Jagd hier.« Bach verdrehte die Augen. Gundi öffnete die Magazine. In beiden steckten zwei Patronen.

»Sehen Sie, völliger Blödsinn, was der Bruckner uns da unterstellen will, beide Magazine sind voll.« Kaiser zog triumphierend die Nase hoch.

»Stimmt«, musste Gundi zugeben. »Trotzdem ist ihre Waffe diejenige, die Kennedy ins Jenseits befördert hat.« Die Kommissarin schulterte Kaisers Gewehr. »Da brauch ich die Ballistik gar nicht erst bemühen.«

Kaiser wurde blass. »Aber wie kommen Sie darauf?«

Gute Frage – wie kommt Gundi darauf, dass Kaiser und nicht Bach auf den Dackel geschossen hat?

Lösung: 20. Rätsel-Krimi

In beiden Gewehren steckte die komplette Munition, aber Kaiser hat wohl in der Eile vergessen, seine Waffe zu sichern .Und: Dem Dackel wurde zwar ins Herz geschossen, trotzdem klebt an seiner Schnauze Blut. Sicher nicht sein eigenes – wahrscheinlich wollte der Hund seinen Job machen, nämlich den toten Kennedy apportieren.

BOMBENSTIMMUNG

»Hier sieht's ja aus wie im Krieg!«, rief Hermingunde, als sie an den Tatort kam. Noch ahnte sie nicht, wie recht sie damit hatte – denn zuerst einmal galt es, sich an Feuerwehr, Krankenwagen und den Kollegen vorbei ins Haus zu drängen. »Was ist denn hier passiert?«, rief die Kommissarin, während sie das Wohnzimmer betrat. Oder das, was von der ehemals guten Stube übrig geblieben war. Die Panoramascheibe Richtung Garten war zerborsten, der Fernseher nur noch ein zersplittertes Gerippe und der Wohnzimmerschrank sah aus, als habe jemand sich daran kräftig ausgetobt. Auf der Couch saß ein Mann, merkwürdig zusammengesunken, das Gesicht wie aufgedunsen. Bis auf das Blut, das in kleinen, bereits geronnenen Rinnsalen aus Augen, Nase und Ohren geflossen war, sah er unversehrt aus.

»Handgranate.« Dr. Beinstatt schüttelte den Kopf. Der Gerichtsmediziner war sichtlich fassungslos, schien aber dennoch mehr als fasziniert von dem Toten zu sein. Gundi nahm an, dass er selbst in der Tübinger Forensik nur selten eine Leiche sah, die einer Kriegswaffe zum Opfer gefallen war. Häberle hatte seine Kollegin bereits informiert: Gegen 23 Uhr hatten die Nachbarn einen lauten Knall gehört und die Polizei angerufen. Ein Nachbar sei durch die gesplitterte Scheibe gesprungen, konnte dem Mann auf dem Sofa aber nicht mehr helfen. Bei dem Toten handelte es sich um Manuel März, 38 Jahre alt, Immobilienmakler.

»Wieso sitzt der da so komisch?«, wollte die Kommissarin von Dr. Beinstatt wissen. Der Arzt deutete auf den zerfledderten Teppich vor dem ebenfalls in tausend Scherben zerborstenen Couchtisch. In den Granitfliesen klaffte ein Krater.

»Da ist die Granate explodiert. Das gab eine mordsmäßige Druckwelle. Die hat nicht nur die Scheibe zerdeppert, sondern vermutlich auch sämtliche Knochen des Toten. Der ist sozusagen innerlich Matsch.«

Gundi schauderte. Dann sah sie sich um. Tatsächlich lagen zwischen all dem Schutt Teile, die die Kollegen der Spurensicherung schon mit Nummerntäfelchen markiert und fotografiert hatten. Selbst sie erkannte darin unschwer die Überreste einer Handgranate. An der Wand hing ein schiefes Foto, ohne Glas. Es zeigte den Wohnungsbesitzer in Uniform. Durchaus schnieke, aber kein Vergleich mit dem matschigen Etwas auf dem Sofa.

»Der war mal Soldat«, sinnierte Gundi. »Meinen Sie, der Mann hat mit der Granate gespielt?«

»Unmöglich. Das Ding ist von draußen reingeflogen.« Beinstatt straffte die Schultern und nahm Haltung an. »Wenn ich mir erlauben darf, Ihnen das zu erklären? Ich war in jüngeren Jahren in Meßstetten stationiert und habe eine … hm … gewisse Ausbildung genossen.«

»Sie dürfen.« Gundi machte sich auf eine langatmige Erzählung von Beinstatts Soldatenerlebnissen gefasst, staunte allerdings, mit wie viel Fachwissen der ehemalige Militärarzt glänzte. Kurz danach verstand sie, wenn auch nicht haargenau, was geschehen war. Demnach musste jemand in den Garten geschlichen sein und sich vor dem Fenster positioniert haben. Gundi schaute durch den Fensterrahmen, in dem nur noch ein paar Glasreste hingen. Tatsächlich waren im Blumenbeet auf der vom Bewegungsmelder hell erleuchteten Terrasse Fußspuren zu sehen. Die kleine Hecke dahinter war eingedrückt, ganz so, als habe sich ein Mann darin mit einem Sprung verschanzt. Beinstatts Ausführungen bestätigten ihre Annahme: Wer auch immer die Granate geworfen hatte, derjenige musste sich a) mit solchen Waffen auskennen und b) gewusst haben, dass er exakt sechs Sekunden hatte, um sich vor der Druckwelle in Sicherheit zu bringen. Genug Zeit also, um die Strecke zwischen Terrasse und Hecke zurückzulegen.

»Das war ein Soldat. Spezialeinheit«, mutmaßte Beinstatt.

»Beinstatt, wir sind hier in Balingen, nicht im Kongo«, sagte Gundi und wies die Kollegen an, den betreffenden Teil des Gartens sehr genau unter die Lupe zu nehmen. Während der

Gerichtsmediziner den Mitarbeitern des Bestattungsunternehmens genaue Anweisungen gab, wie sie den äußerlich scheinbar unverletzten, innerlich aber durch die enorme Druckwelle quasi implodierten Leichnam in den Zinksarg bugsieren sollten (für den sonst üblichen schwarzen Sack war hier wohl zu viel Schaden am Körper angerichtet worden), machte Gundi sich auf eine Erkundung durch das Haus. Ziemlich groß für einen Single, wie sie fand, aber als Immobilienmakler konnte man sich wohl die Rosinen rauspicken. Schlafzimmer, Küche und Bad brachten sie nicht weiter. Im Büro wurde sie fündig: Manuel März schien altmodisch gewesen zu sein, denn trotz hochmodernem PC lag ein Terminkalender aus Papier auf dem Tisch. Für den Vortag hatte er notiert: ›17 Uhr Hähnig und Brinkmann‹. Daneben lag das etwas zerknitterte Exposé eines Grundstücks in allerbester Lage, ein Sahneschnittchen. Gundi schnappte sich das Exposé, fand Häberle bei den Kollegen im Garten und wies ihn an, sie zu Hähnig zu bringen. Irgendwo musste sie mit den Ermittlungen ja anfangen.

Die beiden fuhren durch die nachtschlafende Stadt Richtung Schulzentrum, bogen nahe der Apotheke links ab. Das Haus, in dem Hähnig wohnte, stammte aus den 1960ern und wurde damals vermutlich zum ersten und einzigen Mal gestrichen. Der Putz bröckelte und die Betonplatten Richtung Haustür waren zum Großteil zersprungen. Die Fenster im unteren Stock waren erleuchtet. Gundi klingelte. Selbst die Glocke klang nach den 60ern. Aus dem gekippten Toilettenfenster neben der Haustür hörte sie die Spülung rauschen.

»Herr Hähnig?«, rief sie.

»Was denn?«, knurrte es von drinnen.

»Kriminalpolizei, machen Sie auf!«

Stille. Dann das Rauschen des Wasserhahns. »Immerhin«, dachte die Kommissarin, »wäscht der Kerl sich die Pfoten.« Kurz darauf wurde die Tür geöffnet und ein Koloss von einem Mann erschien.

»Was?«, pflaumte er die Polizisten an. Gundi starrte auf den mächtigen Bauch des Typen, über dem sich ein speckiges Shirt spannte. Die Wampe quoll halb über die auch nicht gerade frisch gewaschene Jeans.

»Was'n los?« Hinter Hähnig tauchte ein zweiter Mann auf. Viel schlanker, aber auch nicht gepflegter.

»Herr Brinkmann?«, fragte Gundi.

»Wer will das wissen?«

»Die sind von der Kripo«, erklärte Hähnig seinem Kompagnon in einem Ton, der die Kommissarin schließen ließ, dass hier nicht alles koscher war. Sie bat darum, eintreten zu dürfen und erklärte den beiden im Wohnzimmer die Sachlage. Die Herren saßen nebeneinander auf dem sehr in die Jahre gekommenen Sofa, vor sich auf dem Couchtisch eine halb leere Chipstüte, zwei Pizzakartons und jede Menge Bierflaschen.

»So, den März hat's also erwischt.« Hähnig grinste. Sein Dreifachkinn vibrierte, als er hämisch lachte.

»Sie haben gemeinsam gedient?«, mischte Häberle sich ein.

»Sir, yes, Sir!« Brinkmann salutierte. Es dauerte eine Weile, bis die Kommissarin die Geschichte in etwa zusammenbekam. Demnach waren das Opfer, Hähnig und Brinkmann als Pflichtsoldaten im Kosovo gewesen. Schnelle Eingreiftruppe. Spezialkommando. Hähnig bezahlte die traumatischen Erlebnisse im Kriegsgebiet mit einer anhaltenden Fresssucht. Brinkmann war aus dem Bundeswehrflieger quasi direkt in eine tiefe Depression und danach in die Psychiatrie geschlittert. Einzig Manuel März hatte anscheinend all das Morden und Töten einfach so weggesteckt und fleißig Karriere in der Immobilienbranche gemacht.

»Woher hatte er das Geld? Ich meine, so hoch wird so ein Soldatensold auch nicht sein?«, sinnierte Gundi laut.

»Schlecht bezahlt ist das nicht«, knurrte Hähnig. »Aber der hatte was, was auch uns ge…«

Brinkmann trat seinen Kumpel gegen das Schienbein.

»Ich hab nichts gesagt!«, rief der und verschränkte die dicken Arme vor der massigen Brust.

»Kriegsbeute«, flüsterte Gundi. Wer wusste schon, was in Krisengebieten alles in fremden Taschen landete?

»Die Sau«, zischte Brinkmann. »Und außerdem sag ich jetzt nichts mehr.«

»Ich auch nicht.«

Gundi rekapitulierte. Handgranate. Gezielter Wurf. Zwei mögliche Täter. Zwei Motive. Und mit Sicherheit jede Menge Möglichkeiten, sich tödliche Geschosse zu besorgen. Aber wer hatte die Waffe geworfen?

»Okay, meine Herren«, sagte sie schließlich. »Ich verhafte Sie beide. Sie, Hähnig, unter dem dringenden Verdacht zur Beihilfe zum Mord. Und Sie, Soldat Brinkmann, dürfen sich auf eine längere Stationierung in Stammheim gefasst machen.«

Wie kommt Gundi darauf, dass Brinkmann die Granate geworfen hat?

Lösung: 21. Rätsel-Krimi

Hähnig ist viel zu dick, um sich mit einem Sprung hinter die Hecke zu flüchten. Was ihn freilich nicht vor Strafe bewahrt.

WER SCHÖN SEIN WILL

»Na, Suse, bisschen viel gefeiert?« Gundi ließ sich auf die Couch am Fenster sinken. Ihre alte Schulfreundin hatte bereits einen Prosecco vor sich stehen. »Oder plagt dich mal wieder der Heuschnupfen?«

»Weder noch.« Susanne Schilling rückte die immens große Sonnenbrille gerade. Das Teil verbarg das halbe Gesicht. Gundi machte der Kellnerin ein Zeichen, dass sie ebenfalls ein Glas Prosecco wollte. Dann schälte sie sich aus dem Parka. Darunter trug sie ein rosa Poloshirt.

»Das Teil hast du doch bestimmt seit der siebten Klasse«, frotzelte Suse. Sie selbst war ganz in schwarz gekleidet. Teures schwarz. Modernes schwarz. Suse war schon zu Schulzeiten immer diejenige gewesen, die die neuesten Trends am Leib trug, ehe der Rest der Balinger Mädels überhaupt gewusst hatte, ob in der nächsten Saison Schulterpolster oder Karottenjeans angesagt wären.

»Du bist doof«, scherzte Gundi, nahm der Bedienung das Glas ab und prostete ihrer Freundin zu. »Und jetzt verrate mal, was los ist. Hattest du eine Klopperei?«

»Schön wär's.« Suse leerte ihr Glas in einem Zug. Dann beugte sie sich über den Tisch, schob die in einem Aufsteller steckende Speisekarte beiseite und nahm die Sonnenbrille ab.

»Ach. Du. Scheiße.« Gundi schlug die Hand vor den Mund.

»Ja.« Suse versteckte sich wieder hinter der Tarnbrille.

Was Gundi an ihrer Stelle auch getan hätte: Welche Frau wollte schon mit Augen gesehen werden, die aussahen wie zwei geschwollene rohe Buletten? Die Kommissarin wunderte sich, dass ihre Freundin mit den winzigen Sehschlitzen durch die Schwellung überhaupt etwas sehen konnte. »Was ist passiert?«, flüsterte sie.

Suse seufzte und griff nach Gundis Glas, leerte es und begann leise zu erzählen. Demnach war sie am Vortag bei der Kosmetikerin gewesen. Wimpern färben, wie eigentlich alle vier bis sechs Wochen. Gundi erinnerte sich, dass Suse (heute rot getönt) eigentlich hellblondes Haar hatte. Überall am Körper. Und dass sie eine der Ersten gewesen war, die die Segnungen der Kosmetikindustrie für sich entdeckt hatte. Mascara, Lidstrich und später dann das Ganze als feste Farbe. Seit beinahe 20 Jahren ließ sie sich die Wimpern färben und nie, nie sei etwas passiert. Bis gestern.

»Das hat schon beim Auftragen so komisch gebrannt.«

»Wo warst du denn?«, hakte Gundi ein und orderte per Handzeichen noch eine Runde Prosecco. Wenn Suses Aussehen kein Grund für ein nachmittägliches Besäufnis war, was dann?

»Wie immer bei Chantal.«

»Das kannst du dir leisten?« Gundi staunte nicht schlecht: Chantals Kosmetikstudio in der Fußgängerzone galt in der Kreisstadt als der Daimler unter den Wellnessoasen.

»So teuer ist das nicht.« Suse grinste schief. »Und bisher war ich überaus zufrieden. Solltest du dir auch mal gönnen.«

»Oh nein!« Die Kommissarin lachte. »Ich habe keine Lust auf Glupschaugen!«

»Dumme Nuss.« Suse stupste ihre Freundin liebevoll gegen den Arm. »Weißt du, ich glaube ja, die hat das mit Absicht gemacht.«

»Wer? Wieso? Ich verstehe nicht.« Die beiden Frauen prosteten sich zu.

»Na ja, die Praktikantin. Ich glaub zumindest, dass sie das war. Gesehen hab ich ja nichts.«

»Hä?« Langsam begann der Prosecco, in Gundis Blutbahn die Wirkung zu erfüllen, für die er vorgesehen war. Nicht gerade förderlich für ihr logisches Denken.

»Ich hatte doch die Augen zu«, kicherte Suse, bei der der Alkohol offensichtlich auch in den Adern angekommen war. »Kann auch die Chantal gewesen sein. Weißt du übrigens, dass die gar nicht Chantal heißt?«

»Heissi nich?«

»Neee, die heißt Gudrun. Aber das is ja kein schöner Name nich für eine Kos… Kosmo…dings.«

»Wieso soll die Gud… hicks… oder die andere Dings das gemacht haben?« Gundi rülpste leise.

»Weil ich mit dem Jü… Jü… Jürn… Jürgen geknutscht hab.«

Gundi riss die Augen auf. Jürgen konnte nur *der* Jürgen sein. Groß, blond – und ein Playboy vor dem Herrn. Schon zu Schulzeiten hatte er den Mädels reihenweise so heftig die damals durchweg dauergewellten Köpfe verdreht und anschließend die Herzen gebrochen, weil nach ein paar Tagen der ganz großen Liebe eine andere auf seinem Mofa mitfahren durfte. Gundi musste zugeben, dass sie den Jürgen auch angeschmachtet hatte. Damals war sie am Boden zerstört gewesen, weil er sie nicht zur Kenntnis nahm.

»*Der* Jürgn?«

»Japp.« Suse nickte selbstgefällig. »Aber der is ja … mit der Schantall … also die hat den … geheiratet. War aber echt nur einmal. Nur knutschen. Vor zwei Wochen. Klassentreffen.« Suse versuchte, schuldbewusst zu gucken, was ihr aber nicht gelang.

Gundi bemerkte, wie wenig Klatsch und Tratsch sie mitbekam, und nahm sich dringend vor, sich künftig öfter mit Suse zu treffen. Sie kratzte sich am Kinn. »Eifersucht!«

»Was?«

»Eifersucht. Klassisches Mordmotiv.«

»Spinnst du, Frau Polizei? Ich leb doch noch.«

»Du siehst aber aus wie ein Zombie. Zahlen, Frau Oberkellner! Und du kommst mit. Ich werde den Täter überführen. Jawoll das.«

Wenig später standen die beiden Frauen vor dem Kosmetikstudio. Der zehnminütige Spaziergang vorbei an der Sparkasse und der Stadtkirche hatte die beiden so weit ausgenüchtert, dass sie immerhin wieder fehlerfrei sprechen konnten. Gundi zückte ein Päckchen Kaugummis, bot Suse einen an und steckte sich selbst zwei in den Mund. Alkoholfahne im Dienst, auch wenn es keiner war, ging ja nun mal gar nicht. Als sie allerdings das Kosmetikstudio betrat, dachte die Kommissarin, dass bei all den Düften aus Tiegelchen und Töpfchen selbst die stärkste Knoblauchfahne wie ein laues Lüftchen untergehen würde. Im Vorraum reihten sich Regale mit teuren und sehr teuren Cremes und Parfums in den Regalen. An einem kleinen Tresen saß ein Mädchen, keine 18, und tippte gelangweilt auf dem Display ihres Handys rum.

»Das ist die Lydia«, flüsterte Suse Gundi von hinten ins Ohr. Die Praktikantin hob den Kopf und setzte ein falsches Lächeln auf.

»Haben Sie einen Termin?«

»Brauchen wir nicht.« Gundi legte die Hände auf den Glastresen, zog sie aber gleich darauf wieder zurück: Ihre Fingernägel waren kurz und nicht lackiert, die des Mädchens sehr lang und in allen Farben des Regenbogens angemalt. Suse nahm die Sonnenbrille ab.

»Oh shit!«, rief Lydia und starrte ihre Kundin an.

»Lydia? Ist da wer?« Chantal-Gudrun schoss um die Ecke. Gundis Mund klappte nach unten. Aus der gertenschlanken Schönheit aus Schultagen war eine überschminkte Wuchtbrumme geworden.

»Oh.« Die Inhaberin starrte Suse an.

»Ja, oh.« Gundi fand, dass es an der Zeit war, ihrer Freundin Recht zu verschaffen, wie auch immer das aussehen mochte. Denn so, wie Suse aussah, kam es verdammt noch mal einer Körperverletzung nah. Das sagte die Kommissarin den Damen dann auch.

»Lydia. Lydia hat die Farbe aufgetragen«, haspelte Gudrun.

»Ja aber … ich sollte doch? Sie haben mir doch die Mischung hingestellt und gesagt, ich soll …«

»Moment mal. Ich hatte dich lediglich gebeten, die von mir perfekt vorbereitete Behandlung auszuführen.« Gudrun-Chantal stemmte die Hände in die breiten Hüften. »Also mal ehrlich, Suse, du weißt doch, wie das ist mit den Praktikantinnen. Die sollen doch auch was lernen und nicht nur rumsitzen. Ich gebe mir da echt Mühe.«

Gundi schnaubte. Sie nahm der Kosmetikerin viel ab – aber ganz bestimmt kein Gutmenschentum. »Also, mal von vorne«, sagte sie. Und bekam in einer etwas wirren Erzählung der drei Frauen zu hören, was gelaufen war. Demnach war Suse wie immer zu ihrem Termin erschienen, hatte sich in den Behandlungssessel begeben und zunächst von Lydia eine Handmassage bekommen, nachdem diese ihr die Nägel mit in einem weißen Tiegel fertig getränkter Watte ablackiert hatte. Derweil hatte Gudrun ihr die Augenbrauen gezupft und war danach verschwunden, um die Wimpernfarbe zu mischen und das weiße Tiegelchen in den Behandlungsraum zu bringen. Dann habe das Telefon geklingelt, die Chefin sei dran gegangen, habe sehr lange geplaudert (mit wem und worüber konnte Suse nicht verstehen) und Lydia habe Suses Augen mit Wattepads zugedeckt, bis nur noch die Wimpern herausschauten.

»So weit stimmt das«, sagte Gundis Freundin. »Und dann hab ich ja nichts mehr gesehen. Dann hat es nur fürchterlich gebrannt.« Irgendwann habe Suse gemerkt, dass zwei Paar Hände in ihrem Gesicht zugange waren und zwei Stimmen hektisch flüsterten.

»Na ja, kann ja mal sein, dass eine Kundin allergisch auf die Farbe reagiert«, meine Gudrun. »Hatte ich zwar noch nie, aber …« Sie rümpfte die Nase.

»Aber Sie haben doch gesagt, dass das Naturfarbe ist?« Lydia flüsterte fast und zog den Kopf ein, als ihre Chefin sie aus überschminkten Augen anfunkelte. Das Mädchen zitterte.

»War es auch.« Chantal-Gudrun knurrte fast.

Gundi holte tief Luft. Dann legte sie Suse die Hand auf die Schulter. »Ich denke, mit der Farbe war alles in Ordnung. Und ich denke auch, dass du bald wieder aussiehst wie ein Mensch. Dann wird Gudrun sicher so lieb sein und dir kostenlos die Wimpern färben. Es war doch alles ein Versehen, meine Damen, und einer Praktikantin darf auch mal ein Fehlerchen passieren, oder?«

Wie kommt Gundi darauf, dass der armen Lydia ein Patzer passiert ist?

Lösung: 22. Rätsel-Krimi

Es standen zwei Tiegelchen da – in einem war die Farbe, im anderen der Nagellackentferner. Wahrscheinlich hat die unerfahrene Lydia die beiden einfach verwechselt.

HUNDSTAGE

»Was machst du denn hier?« Gundi wusste, dass sie nicht freundlich klang – aber dass ihr Schatz an einem handelsüblichen Mittwoch um zehn Uhr morgens in ihr Büro platzte, war schon ungewöhnlich. Denn die Kommissarin und Dr. Thomas Sauerberg hatten die unausgesprochene Verabredung, dass Arbeit Arbeit war. Sie selbst hatte ihn erst einmal in seiner Tierarztpraxis besucht, und das auch nur in der Anfangszeit ihrer Beziehung, als die Sehnsucht zu groß war. Dumm nur, dass Thomas damals gerade damit beschäftigt war, einen Bullterrier von dessen Kronjuwelen zu trennen.

»Ich freue mich auch, dich zu sehen«, grinste Thomas und ließ sich auf den Besucherstuhl vor dem Schreibtisch der Kommissarin plumpsen.

»War nicht so gemeint«, beeilte Gundi sich zu sagen, stand auf, beugte sich über den Tisch und drückte ihrem Schatz einen Kuss auf den Mund.

»Ich bin auch dienstlich hier, quasi«, erklärte der Tierarzt, als Gundi sich wieder setzte und ihm ein Bonbon aus der stets gut gefüllten Süßigkeitendose in ihrer Schublade anbot. Thomas lehnte ab.

»Dann schießen Sie mal los, Dr. Sauerberg«, forderte Gundi ihn auf.

»Also, ehe ich die Polizei einschalte, wollte ich erst mit dir reden.«

»Ich bin die Polizei«, erinnerte ihn Gundi lächelnd.

»Ja, deswegen bin ich ja auch da. Ich habe in den letzten drei Wochen 17 vergiftete Hunde in der Praxis gehabt. Nur ein Dackel hat überlebt.«

»Das sind ein bisschen viele Hunde auf einmal.«

»Eben.« Thomas berichtete, dass es mit dem kotzenden und krampfenden Königspudel einer älteren Dame angefangen hatte. Am selben Tag waren noch ein Schäferhund und eben jener

Dackel gekommen. Pudel und Schäferhund segneten das Zeitliche, der Dackel überlebte dank Infusionen, Nachtwache und insgesamt an die 2.000 Euro aus dem Gelbeutel seines Herrchens.

»Für die anderen Hunde konnte ich nichts tun.« Thomas sah traurig aus. »Und es gibt auch fünf, sechs Katzen, die im selben Gebiet unterwegs waren und die nie wieder nach Hause gekommen sind. Eine wurde von den Besitzern nach einer Woche gefunden. Hab sie obduziert. Rattengift. Wie die Hunde.«

»Im selben Gebiet?« Gundi horchte auf. »Wo denn?«

»Auf dem Heimlichenwasen. Richtung Heselwangen.«

»Ach ja, das ist ein beliebter Hunde-Highway.«

»Und eben drum bin ich jetzt hier. Ich will keine Panik unter den Hundehaltern auslösen, obwohl sich das natürlich schon rumgesprochen hat. Andererseits muss etwas geschehen.«

Gundi sah auf die von ihrem Großvater geerbte Armbanduhr. Schielte auf den Bildschirm des PCs und fand, dass die ganzen E-Mails auch warten konnten. »Was hältst du von einem kleinen Spaziergang?«, schlug sie Thomas vor.

Keine zehn Minuten später parkte der Tierarzt seinen Jeep in der Sackgasse am oberen Ende der Schramberger Straße. Schmucke Einfamilienhäuser aus den 1980ern reihten sich aneinander. Gundi wusste, dass in diesem Wohngebiet viele Geschäftsleute, Firmeninhaber, Ärzte und Bankdirektoren wohnten. Direkt hinter den Wohnhäusern grenzte eine steil abfallende Wiese mit Obstbäumen, von der aus man einen herrlichen Blick zum Dörfchen Heselwangen und weiter bis zur Burg Hohenzollern hatte. Entlang der Häuser war ein ausgetretener Pfad, der über die Wiese führte. Ein idealer Lauf-, Kot- und Spielplatz für Hunde. Und ein schöner Spazierweg obendrein. Gundi ließ sich von Thomas an die Hand nehmen. Schweigend liefen sie ein paar Minuten Richtung Heselwangen, kehrten dann um und wandten sich Balingen zu, zu ihrer Linken die Häuser, rechts die große Hundewiese. Sie kamen an einem kleinen Spielplatz vorbei, vor dem ein Gestell stand, das wie ein Briefkasten aussah.

»Leer, mal wieder.« Thomas seufzte. Er selbst war damals bei der Stadt dafür eingetreten, solche ›Hundetoiletten‹ aufzustellen. Oben konnte Herrchen Tüten ziehen, in der unteren Klappe das große Geschäft des Hundes entsorgen. Sowohl der Tütenspender als auch die Müllklappe waren leer. Dabei war es gar nicht billig, wenn das Ordnungsamt einen erwischte, wie Herrchen oder Frauchen das Häufchen von Waldi und Bello liegen ließen. Mal davon abgesehen, dass es an manchen Orten in der Stadt mehr Tretminen gab, als einem lieb sein konnte.

Plötzlich hörte das Paar Schreie ein paar Häuser weiter. Sie beschleunigten ihre Schritte. Hinter einem Busch kam ihnen eine Frau mit einem Golden Retriever entgegen. Angeleint und mit Maulkorb. Die Frau tippte sich an die Stirn.

»Tag, Herr Doktor!«, rief sie Thomas zu, als sie im Laufschritt an den beiden vorbeikam. »Die spinnen.« Sie deutete auf zwei Gärten, in denen Menschen standen. Dann machte sie sich buchstäblich über das Stoppelfeld vom Acker.

»Das war eine Patientin«, erklärte Thomas. »Und den Maulkorb trägt die Hündin, damit sie unterwegs nichts frisst. Ihre Schwester ist nämlich vor drei Wochen krepiert.«

Gundi zog Thomas zu den drei Leuten, die an einer dermaßen akkurat gestutzten Hecke standen, dass diese von Weitem aussah wie aus Plastik. Von Nahem erkannte sie, dass dieselbe Art Hecke zwei Grundstücke voneinander trennte. Auf dem rechten stand ein alter Mann mit Strohhut auf dem Kopf, auf dem linken ein älteres Ehepaar, beide in karierten Hemden und grasfleckigen Jeans.

»Was war denn hier los?«, erkundigte sich die Kommissarin.

»Nichts«, sagte die Frau und schob sich die Sonnenbrille in den kurzen grauen Haaren zurecht.

»Jetzt sag's doch, Brigitte«, meinte deren Nachbar vom anderen Ende der Hecke.

»Was soll sie sagen?« Thomas war sichtlich angespannt.

»Dass sie eben die arme Frau mit ihrem Hund angebrüllt hat«, platzte nun der Gatte von Brigitte raus.

»Dieter!« Das klang nicht sehr freundlich und Gundi ging davon aus, dass Dieter einer jener Männer war, die ihr Leben unter dem Pantoffel der Gattin fristeten. Sie schätzte, dass er bereits in Rente war und beschloss, dass sie niemals so werden wollte wie diese Brigitte, neben deren Mund sich diese typischen Verkniffenheitsfalten unzufriedener Frauen eingegraben hatten.

»Darf ich Sie um Ihre Namen bitten?«, schaltete die Kommissarin auf den Profimodus um, nachdem sie sich den verdutzten Leuten vorgestellt hatte.

»Brigitte Herfurth. Das ist mein Mann Dieter. Und der Herr ist Paul Ulmer«, antwortete die Frau für alle drei.

»Ach!« Gundi nickte dem Alten zu. Sie ging davon aus, dass er sie nicht erkannte, aber ihre Erinnerung an den Apotheker, der sein Geschäft bereits vor über zehn Jahren an seinen Sohn übergeben hatte, war allzu lebendig. Bei Ulmer hatte es immer eine ganze Hand voll Traubenzuckerbonbons gegeben, wenn sie mal krank gewesen war (was selten genug vorkam, Gundi war ein robustes Kind und konnte nie eine Mathearbeit wegen Halsweh schwänzen).

»Wieso haben Sie mit der Frau gestritten?« Gundi gab sich ahnungslos.

»Weil wir genug haben von dem elenden Gestank«, antwortete Ulmer. »Seit ein paar Jahren wird das immer mehr mit den Hundehaufen hier. Und die Frau eben haben wir sozusagen auf frischer Tat ertappt.« Er deutete mit einer Rosenschere auf die Wiese. Tatsächlich lag dort ein veritables Häufchen, eher ein Haufen, und Gundi war froh, dass der Wind aus der anderen Richtung blies.

»Und wenn die die Hunde nicht an der Leine haben, springen die über die Hecke und kacken in unseren Garten. Pfui Deibel. Mein Mann muss jeden Tag Haufen entsorgen.«

»Dazu kommt ja noch die Katzenkacke«, ergänzte Dieter Herfurth und ließ seinen Blick über seinen Garten schweifen. Gundi musste zugeben, dass angesichts des perfekt getrimmten Rasens jeder Golfplatz vor Neid grasgrün geworden wäre. Auf solch einer Prachtwiese machte sich ein brauner Haufen natürlich nicht gut.

»Erst haben wir es ja mit guten Worten versucht«, sprach Ulmer weiter. »Aber das nützt ja nichts. Wir haben uns bei der Stadtverwaltung gemeldet. Fehlanzeige. Na ja. Ich hab einen Zaun bestellt.« Er zuckte mit den Schultern.

»Zaun, pah!« Brigitte Herfurth schnaubte. »Wie sieht das denn aus?«

»Von den Kosten mal abgesehen«, wagte ihr Dieter zu sagen.

»Ist mir scheißegal. Und wenn die trotz Zaun weiter hier rumscheißen, dann …« Der ehemalige Apotheker ballte die Fäuste.

»Nur weil die Hundesteuer zahlen …«, knurrte Dieter Herfurth.

»Die Leute mit Hunden, ja, aber was ist mit den Katzenbesitzern? Die Viecher kacken überall. Und das kostenlos.« Seine Frau stemmte die Hände in die Hüften.

»Das ist sicher ärgerlich«, meinte Gundi. »Aber dennoch kein Grund, Giftköder auszulegen.«

Einen Moment lang herrschte Schweigen auf der anderen Seite der Hecken. Dieter klappte den Mund auf und wieder zu.

»Ich hab hier ganz bestimmt kein Rattengift ausgelegt, auch wenn die das verdient hätten«, blaffte Brigitte Herfurth.

Paul Ulmer kratzte sich am Kopf.

»Du kommst doch an so Zeugs ran«, rief Frau Herfurth ihrem Nachbarn zu. Der schaute sie verblüfft an.

»Ja, schon.« Ulmer starrte zu Boden.

»Ich denke auch, dass es für Herrn Ulmer ein Leichtes ist, sich mit allen möglichen Substanzen aus der Apotheke zu versorgen«, sagte Gundi. »Trotzdem würde ich gerne mit Ihnen sprechen, Frau Herfurth. Betrachten Sie sich hiermit als verdächtig.«

Wieso hat die Kommissarin Brigitte Herfurth im Visier?

Lösung: 23. Rätsel-Krimi

Obwohl niemand erwähnt hatte, dass die Köder für die Köter aus Rattengift waren, streitet die Frau sofort ab, eben solches Gift ausgelegt zu haben.

VENEDIG

»Nehmen Sie den!« Dr. Julius Beinstatt drückte Gundi einen knallroten Regenschirm mit dem Aufdruck eines Getränkeherstellers in die Hand. »Der liegt da schon eine Weile und bei der Hitze kann der explodieren.«

»Uah.« Gundi spannte ihren roten Schirm auf, der Gerichtsmediziner seinen schwarzen. Dann näherten sie sich dem Leichnam, den die Kollegen bereits aus dem Wehr der Eyach gezogen hatten. Der Tote lag auf dem Betonvorsprung. Gundi schickte einen sehnsuchtsvollen Blick zur noch leeren Terrasse des angrenzenden Cafés, wo Sonnenschirme für angenehmen Schatten am Fuße des Zollernschlosses sorgten. Das Café war zu so früher Stunde noch geschlossen. »Umso besser«, dachte die Kommissarin, »dann gibt's noch keine Schaulustigen.« Die Wachhabenden hatten die Wege rund um das Klein Venedig genannte Gebiet am Eyachkanal bereits weiträumig abgesperrt, noch ehe die durch einen Spaziergänger alarmierten Kollegen den Leichnam hatten aus dem Fluss bergen können.

»Uah«, machte Gundi noch einmal, als Beinstatt das schwarze Tuch anhob, mit dem die Leiche bedeckt war. Der Körper war aufgequollen und stank erbärmlich. An der rechten Stirn klaffte eine tiefe Wunde. So tief, dass das Gehirn zu sehen war. Ertrunken war der Mann also eher nicht. Gundi wusste noch aus Ausbildungszeiten, dass ein kleiner Stups genügen konnte, um eine derart aufgeweichte Wasserleiche buchstäblich zum Platzen zu bringen. Sie schützte sich mit dem Regenschirm, hielt die Luft an und trat dann einige Schritte zurück. Beinstatt tat es ihr gleich, Letzterer aber würde gleich zum Leichnam zurückkehren und eine erste Untersuchung machen müssen.

»Eine Woche. Ungefähr«, kam der Gerichtsmediziner Gundis Frage nach der Liegezeit zuvor. »Und keine Ahnung, wie alt. Männlich, aber sonst … abwarten.«

Gundi nickte stumm und wollte sich eben zum Gehen wenden, als ein Kollege sie rief. Der Polizist hatte mit dem Käscher eine Tasche aus dem Wehr gefischt. Braunes Leder mit Trageriemen. Die typische Herrenhandtasche, welche Gundi stets zum Lachen brachte, wenn sie Männer mit solchen Exemplaren sah. Jetzt aber lachte sie nicht, sondern hoffte inständig, dass das Teil zum Toten passte.

Sie nahm die Tasche entgegen, zog den Reißverschluss auf und pfiff durch die Zähne: Der Beutel war prall gefüllt mit klatschnassen Geldscheinen. Im vorderen Fach fand sie neben einem Schlüsselbund nicht mehr lesbare Zettel, das aufgeweichte Foto einer blonden Frau mit Kussmund und den laminierten Personalausweis. »Heiko Pfister, Jahrgang 1979. Wohnhaft in Balingen. Na bitte.« Sie nickte Beinstatt zu, rief Häberle, der in sicherem Abstand im Schatten der alten Stadtmauer wartete, und machte sich zusammen mit ihm zu der angegebenen Adresse auf. Während der Fahrt nach Weilstetten klärten sie mittels Funk beim Revier ab, ob der Tote polizeibekannt war. War er jedoch nicht.

»Gib mir mal einen Kaugummi, Häberle«, sagte Gundi. »Nein, besser zwei. Die ganz scharfen.« Sie musste den Geruch aus der Nase bekommen. Häberle schüttelte gleich ein halbes Dutzend Minzkaugummis in ihre Hand, während er den Wagen in die Ortsmitte lenkte. Dann hielt er vor einem Hochhaus. Die Kollegen stiegen aus und fanden nach kurzem Suchen auf den vielen Klingelschildern tatsächlich die Aufschrift ›Pfister / Mägerle‹.

»Hat also nicht allein gelebt«, sinnierte Gundi und hielt Häberle davon ab, die Klingel zu drücken. Stattdessen kramte sie den Schlüssel des Toten hervor, schloss auf und fuhr mit dem Polizeihauptmeister in den achten Stock. Vor Pfisters Wohnungstür lag eine Fußmatte mit Bärchenmotiv. Gundi lauschte. Von innen war Musik zu hören.

»Der hat das Radio vergessen«, meinte Häberle.

»Oder da ist jemand drin.« Gundi überlegte kurz – es gab keinen Grund, einfach so in die Wohnung einzudringen, obwohl sie dazu Lust gehabt hätte. Wer wusste schon, wen man hier wobei überraschen konnte? Stattdessen klingelte sie. Einmal, zwei Mal. Schließlich klopfte sie.

»Ja?« Eine weibliche Stimme.

»Polizei. Machen Sie bitte auf!« Eine Sekunde verstrich. Noch eine. Dann ging die Tür auf.

»Ja?« Die Frau war Mitte 30, schlank, gepflegt, hatte langes schwarzes Haar und nur mit einem Nachthemd bekleidet. Falls man das bisschen Stoff als Hemd bezeichnen konnte. Häberle starrte auf den prallen Busen, der von der sicher sehr teuren Spitze kaum verdeckt wurde. Gundi grinste innerlich.

»Können wir reinkommen?« Die Kommissarin stellte sich und den Kollegen vor, zeigte der Frau den Dienstausweis und folgte ihr dann ins Wohnzimmer. Der Flur führte am Bad und dem Schlafzimmer vorbei. Gundi erhaschte durch die geöffnete Tür einen Blick auf das Bett, auf dem ein offener Koffer lag. Im Wohnzimmer war es sehr ordentlich, einzig eine halb volle Tasse Kaffee wies auf menschliches Leben hin, ansonsten erinnerte die hochmoderne Einrichtung an das Foto aus einem Möbelkatalog. Und zwar aus einem teuren Katalog.

Die Kommissarin setzte sich auf das schneeweiße Sofa. Dafür, dass es so teuer aussah, war es ziemlich hart, fand sie. Häberle und die Frau nahmen in den beiden Sesseln Platz und Gundi schloss aus der Miene des Kollegen, dass er es genauso ungemütlich hatte. Der Frau schien es nichts auszumachen, was aber auch daran liegen mochte, dass sie offensichtlich gut trainiert war. Die einzige Deko in diesem Raum waren zahlreiche Pokale auf einem Hochglanzregal, worüber ein Foto prangte, das die Dame des Hauses in einem Kampfanzug mit einem Samuraischwert zeigte, romantisch beleuchtet von einem Sonnenuntergang.

»Sie sind?«, begann Gundi.

»Anna-Lena Mägerle. Warum? Was wollen Sie?«

»Wohnen Sie hier?«

»Ja. Wieso denn?«

»Allein?«

»Nein, mit meinem Freund.«

»Heiko Pfister, gell?«

»Ja, aber was …« Frau Mägerle klang etwas genervt.

»Wollen Sie verreisen?«

»Ich wüsste nicht, was Sie das angeht.« Das klang pampig.

»Wann haben Sie Ihren Freund zum letzten Mal gesehen?« Gundi rutschte etwas weiter nach vorn. Auch nicht bequemer.

»Letzte Woche. Heiko ist nach Kanada geflogen für seine Firma.« Anna-Lena Mägerle griff nach der Kaffeetasse und trank einen Schluck.

»Und haben Sie seitdem etwas von ihm gehört?«

»Nein.«

»Nein?«

»Das ist ganz normal, der hat es nicht so mit telefonieren.« Die Frau zuckte mit den Schultern. Gundi konnte sich nicht vorstellen, dass ein Mann sich nicht bei seiner Freundin meldete, wenigstens ganz kurz, wenn er über den großen Teich flog. Aber die Menschen waren ja alle anders.

»Der hat wohl auch keine Zeit«, erklärte Anna-Lena Mägerle. »Wird mit der Firma beschäftigt sein.«

»Welche Firma?«

»Na seiner. Also sein Arbeitgeber. Holzbau. Häuser. Import.«

»Ja klar, Kanada ist voll Wald«, meinte Häberle und schlug die Beine andersrum übereinander. Bequemer saß er deswegen nicht.

»Heiko sollte ein Sägewerk kaufen, im Auftrag. Viel mehr weiß ich auch nicht. Ganz ehrlich, wir sind seit zehn Jahren zusammen, wir reden nicht mehr viel.«

Jetzt ahnte Gundi, warum der Mann so viel Geld dabei hatte. Sägewerke bekam man ja nicht umsonst, wenngleich eine Barzahlung in diesem Fall gelinde gesagt ungewöhnlich war. Sie beschloss, dem Gespräch etwas Fahrt zu verleihen.

»Ihr Freund ist tot«, platzte sie raus. Anna-Lena Mägerle sah erst die Kommissarin, dann den Wachtmeister an. Klappte den Mund auf. Und wieder zu. Stand auf und ging Richtung Schlafzimmer. Gundi folgte ihr. Die Frau stopfte noch ein paar Klamotten in den Koffer und klappte ihn anschließend zu.

»Mein Flieger geht in drei Stunden«, murmelte Anna-Lena Mägerle. »Venedig. Mal ausspannen.«

»Haben Sie mich verstanden, Frau Mägerle? Ihr Freund ist tot.«

Die Angesprochene sah Gundi an. »Ertrunken«, flüsterte sie schließlich.

»Sie sollten sich mit dem Packen etwas beeilen.« Gundi nickte der Frau zu. »Meine Kollegen werden gleich da sein. Allerdings dürften Sie eine ganze Weile kein Venedig sehen. Eher vergitterte Fenster.«

Mägerle wurde blass. »Aber warum?«, stammelte sie und ließ sich auf das Bett sinken.

Ja, warum denn?

Lösung: 24. Rätsel-Krimi

Die Frau hat sich selbst verraten. Gundi hatte mit keinem Wort erwähnt, dass Pfister als Wasserleiche aufgetaucht war. Außerdem muss es der sportlichen Frau ein Leichtes gewesen sein, mit einem Samuraischwert den Schädel des Mannes zu spalten. Da sie selbst schwarze Haare hat, die Frau auf dem Foto in Heikos Geldbeutel aber blond ist, dürfte das Motiv wohl Eifersucht sein.

HEILIX BLECHLE

»Autsch!« Gundi wich einen Schritt zurück, holte Luft und beugte sich dann erneut über den Leichnam. Oder über das, was von dem Mann übrig geblieben war: Die Beine im typischen Blaumann waren unversehrt. Die Hüfte auch. Alles darüber war Matsch, buchstäblich. Einzig der rechte Arm lugte unter dem aufgebockten Auto hervor.

»Audi TT. Alle Achtung.« Häberle seufzte innerlich. So einen Wagen würde er sich von seinem Salär nicht leisten können. Andererseits hielt sich sein Neid angesichts des toten Mechanikers sehr in Grenzen. Und außerdem war auch der Audi ziemlich mitgenommen. Die Karosserie des Flitzers hatte durch den Sturz von der Hebebühne einige Beulen davongetragen.

Die Kommissarin nickte den Kollegen der Spurensicherung zu, die in ihren weißen Overalls bereits in der Tür zur Werkstatt standen. Sie hatte vorerst genug gesehen und überließ den Fachleuten das Terrain. Da der Gerichtsmediziner noch im Stau auf der Bundesstraße stand, konnte sie hier sowieso nicht viel mehr erfahren als das, was sie mit eigenen Augen sah. Sie schnappte sich Häberle und ging quer durch die Werkstatt ins Büro. Dort saßen die Sekretärin, welche den Toten früh um acht Uhr beim Aufschließen des Gebäudes gefunden und die Polizei alarmiert hatte, sowie zwei Mechaniker, die fast zeitgleich mit der Kripo in der Werkstatt angekommen waren.

»Möchten Sie auch einen Kaffee?«, fragte die Sekretärin die Polizisten.

»Gerne.« Einen Koffeinschub konnte Gundi wirklich gebrauchen. Sie hatte gestern Abend mit Thomas und zwei Flaschen Barolo auf der Terrasse gesessen und eigentlich vorgehabt, etwas länger zu schlafen. Auch Häberle nahm dankbar einen Becher des schwarzen Gebräus entgegen. Dann zückte er sein Notizbuch, ließ sich die Personalausweise der drei zeigen und notierte die Namen: Heidelinde Kempf, Volker Berg und Thilo Schütz. Erstere war als Buchhalterin, Sekretärin und Mädchen für alles beschäftigt. Berg war KfZ-Mechaniker und Thilo Schütz Mechatroniker. Beim Toten handelte es sich um Rainer Braun, Inhaber der Werkstatt.

»Der Rainer ist öfters mal länger geblieben«, erklärte Schütz auf Nachfrage. »Das war eigentlich ganz normal.«

»Ist Ihnen gestern irgendetwas aufgefallen? War etwas anders als sonst?«, wollte Gundi wissen und hoffte, dass das Koffein alsbald tat, was es tun sollte, und ihre grauen Zellen von sämtlichen Rotweinresten befreite. Denn bislang war die Welt um die Kommissarin herum ein wenig schwammig. Die beiden Männer schüttelten die Köpfe und erklärten, wie immer um fünf Feierabend gemacht zu haben.

»Ich bin um kurz nach fünf gegangen«, sagte Heidelinde Kempf. Dann kramte sie auf dem Schreibtisch und zog ein Klemmbrett hervor. »Das ist der Auftrag für den Audi.« Sie reichte Gundi das Brett mit dem Zettel. Besitzer des Wagens war ein Marvin Schütz.

»Sind Sie verwandt?«, wandte Gundi sich an Thilo Schütz.

»Marvin ist mein Cousin. Ich glaub, da war was am Auspuff.«

»Jetzt ist da ein bisschen mehr«, dachte Gundi. Sagte aber nichts dazu. Sondern wollte von der Belegschaft wissen, wie ein Wagen von der Hebebühne rutschen konnte. Falls er denn gerutscht war. Sie erntete dreifaches Schulterzucken.

»Geht eigentlich gar nicht. Ich mein, so allein vom Schwerpunkt her und so. Und die Bühne ist in Ordnung, da kommt einmal im Jahr der TÜV.« Volker Berg kratzte sich am Kinn. »Wenn Sie mich fragen, hat der Chef entweder den Wagen nicht richtig aufgebockt oder jemand hat nachgeholfen.« Letzteres sagte er mit weit aufgerissenen Augen, als ihm klar wurde, was er da eben geäußert hatte.

»Die Hebel der Bühne kann man einzeln bewegen«, setzte Berg seine Überlegungen fort. »Runterschieben kann man ein Auto da nicht, aber wenn man an der Hydraulik … also … oh je.«

Heidelinde Kempf wurde so weiß wie die Wand hinter ihr. »Mord?«, hauchte sie und starrte Gundi Hilfe suchend an.

»Das wissen wir natürlich erst nach der Obduktion«, entgegnete die Kommissarin. »Allerdings scheint es ja technisch mehr als unwahrscheinlich, dass der Audi von alleine runtergefallen ist.« Ein paar Minuten lang herrschte Schweigen. Jeder starrte vor sich hin. Häberle malte Kringel in sein Notizbuch. Einzig Gundi stand auf und wanderte im Büro hin und her. Dabei ratterten ihre Gedanken, so schnell sie eben mit den Resten des Barolos rattern konnten. Jedes Mal, wenn sie am Schreibtisch vorbeikam, stellte sie eine Frage, die abwechselnd von der Belegschaft beantwortet wurde. Nach einer Viertelstunde ergab sich folgendes Bild: Rainer Braun, eingefleischter Junggeselle, hatte die Werkstatt vor knapp 15 Jahren von seinem Vater übernommen. Samt Heidelinde Kempf, die bald darauf auch seine Freundin wurde, was allerdings nur ein paar Monate lang hielt. Damals war die Werkstatt hoch verschuldet und auch heute stand der kleine Betrieb im Vergleich zu den großen Vertragswerkstätten nicht gerade rosig da. Was auch daran liegen mochte, dass Braun seine Leidenschaft für Autos nicht nur bei der Reparatur auslebte, sondern sich jedes Jahr einen neuen Wagen gönnte. Da konnte es schon mal vorkommen, dass die Gehälter nicht pünktlich auf den Konten der Mitarbeiter landeten.

»Aber irgendwie hat es doch immer geklappt«, warf Heidelinde Kempf ein. Thilo Schütz schnaubte. Volker Berg schwieg dazu.

»Was fahren Sie denn so für Autos?«, fragte Gundi.

»Ich hab meinen Mini.« Die Kempf strahlte.

»Passat«, knurrte Berg.

»Gar keins«, sagte Schütz.

»Sie haben kein Auto?«

»Nicht mehr.« Er ballte die Hände zu Fäusten. »Wie denn, wenn man die Raten nicht zahlen kann?«

»Der Audi war mal der von Thilo«, erklärte Heidelinde Kempf leise.

»Reg dich ab, ist doch in der Familie geblieben«, knurrte Volker Berg. Sein Kollege blitzte ihn an.

»Mir fällt da gerade was ein.« Heidelinde Kempf wurde knallrot. »Das ist vielleicht ein bisschen delikat, aber …«

Gundi verstand. »Ich müsste mal auf die Toilette«, sagte sie und zwinkerte der Sekretärin zu.

»Ich zeig Ihnen wo.« Die Kempf sprang auf und gemeinsam gingen die beiden Frauen Richtung Sanitärbereich. Allerdings blieben sie beide am Waschbecken des Damenklos stehen.

»Der Chef hatte ein Verhältnis«, platzte Heidelinde Kempf raus. »Mit Jennifer Schütz.«

»Ich nehme an, die ist auch verwandt mit Thilo und Marvin?«

»Die Schwester von Marvin. Also die Cousine von Thilo. Aber soweit ich weiß, ist das vor Kurzem ausgegangen mit den beiden. Jedenfalls hab ich keine Bewirtungsbelege mehr gebucht. Aber bitte, Frau zu Tollern-Achteck, von mir wissen Sie das nicht. Der Thilo hatte mal einen Verdacht, dass mit den beiden was sein könnte, weil die Jennifer so oft hier war. Angeblich, um ihren Cousin zu besuchen. Aber geglaubt hat er das nicht. Und ehrlich gesagt … die war schon verdammt jung für einen gestandenen Mann wie den Rainer. So ein Mädchen Marke Miststück eben.«

»Und ich nehme an, er war wenig begeistert davon, dass seine Cousine sich mit seinem Chef eingelassen hat?«

»Das war er wohl nicht. Aber wir alle wussten ja, wie pleite Herr Braun war und dass er sich eine Frau eigentlich gar nicht leisten konnte. Ich glaube, da ging es um die Familienehre.« Heidelinde Kempf wandte sich um und starrte ihr eigenes Spiegelbild an. Gundi legte ihr die Hand auf die Schulter.

»Danke«, flüsterte sie. Frau Kempf nickte und griff zur Zigarettenschachtel, die hinter zwei Klorollen auf der Ablage versteckt war. Gundi ging in die Werkstatt. Sie umrundete die Hebebühne mehrfach. Die Kollegen waren mit der Arbeit fertig. In drei Plastiktüten hatten sie Fundstücke gelagert: ein Feuerzeug, ein Autoschlüssel mit AUDI-Logo und ein Wunderbaum, Duftrichtung Kokos. Die Kommissarin drehte noch eine Runde um die Hebebühne, dann machte sie sich auf den Weg zum Büro. Im Gang kam ihr Heidelinde Kempf entgegen. In der einen Hand hielt sie die nicht angezündete Zigarette.

Die beiden betraten das Büro. Häberle schreckte auf und vermalte sich bei einem besonders schönen Kringel. Thilo Schütz knetete nervös die Hände im Schoß. Volker Berg starrte aus dem Fenster. Auf seiner Stirn standen Schweißperlen. Gundi setzte sich und nestelte ihre Notfallkippen aus der Hosentasche. Die Packung war ziemlich zerknautscht. Sie nahm sich eine und bot den Herren ebenfalls eine Zigarette an. Alle drei lehnten ab. Und Gundi lehnte sich zurück. Heidelinde Kempf reichte ihr ein Feuerzeug aus der Schreibtischschublade. Gundi sog genüsslich den Qualm ein. So viel Zeit musste sein, fand sie. Die Verhaftung des Täters konnte noch fünf Minuten warten.

Wen verhaftet Gundi und warum?

Lösung: 25. Rätsel-Krimi

Heidelinde Kempf. Sie ist die einzige Raucherin in der Firma. Neben der Hebebühne lag ein Feuerzeug und da alles hydraulisch und per Knopfdruck bedient werden kann, war es ihr sicher ein Leichtes, das Auto zum Umfallen zu bringen. Der Hinweis auf die Geliebte des Toten war nur ein Ablenkungsmanöver. Sie war wohl eifersüchtig auf Jennifer.

DAS DOPPELTE PAULCHEN

Raus. Weg. Ab. Hermingunde Klythemnestra zu Tollern-Achteck holte tief Luft. Die Beratungsstunde in der 12. Klasse des Balinger Gymnasiums war nach endlos scheinenden 45 Minuten für sie beendet. Jetzt noch ein schneller Kaffee im Lehrerzimmer und dann raus. Weg. Ab. Obwohl seit ihrem Abitur weit mehr als 20 Jahre vergangen waren, erinnerte Gundi noch immer alles in diesem Gebäude an die eigene Schulzeit. Da konnten auch die zahlreichen Um- und Anbauten an den Betonklotz nichts ändern … Der Geruch nach muffigem Putzmittel, verfaulenden Salamibroten und hormongetränktem Schweiß Heranwachsender war nach wie vor derselbe, den sie als Schülerin eingeatmet hatte. Während im Klassenzimmer hinter ihr die Schüler mit ihrem sehr engagierten, sehr pädagogischen und deswegen nicht sehr effektiven Lehrer eine weitere Stunde absitzen mussten, wandte die Kommissarin sich der Steintreppe Richtung Aula zu. Stieg vom zweiten in den ersten Stock, durchquerte einen Gang und stutzte: Am Fenster zum Hof hing ein Mann, Kopf nach draußen, Cordhose innen. Und kotzte.

»Ist Ihnen nicht gut?«, fragte sie. Der Mann würgte, gab sein Frühstück in einem großen Schwall von sich und stützte sich dann schwer atmend auf dem Fensterbrett ab. Als er sich umwandte, zuckte Gundi automatisch zusammen: Vor ihr stand Walter Heier. Biolehrer und damals unter den Schülerinnen der am meisten angeschmachtete Pädagoge. Der Spruch ›Heier hat dicke Eier‹ schoss ihr in den Kopf – allerdings waren die vergangenen Jahrzehnte auch an dem einst schnuckeligen Lehrer nicht spurlos vorübergegangen. Das ehemals dichte schwarze Haar war einer glänzenden Stirnglatze gewichen und über der Cordhose spannte sich unter dem karierten Hemd ein nicht kleiner Bauch.

»Diese Saukerle!« Heier sog die Luft ein und wischte sich mit dem Hemdsärmel über den Mund. »Mal wieder Bombenalarm.«

Es dauerte ein paar Sekunden, aber dann hellte sich sein Gesicht auf. »Sie sind Hermingunde!«

»Ja.« Sofort fühlte die Kommissarin sich klein und um 20 Jahre jünger. Innerlich beschloss sie, vielleicht doch mal einen Psychologen zurate zu ziehen, denn offenbar hatte sie ihr Schultrauma nicht verarbeitet. Dabei hatte sie weder öfter nachsitzen müssen als andere noch war sie eine allzu schlechte Schülerin gewesen. Automatisch senkte Gundi den Kopf und starrte auf ihre Turnschuhe. Seit Wochen fiel ihr zum ersten Mal wieder auf, wie groß ihre Füße waren. Größe 43.

»Geht schon wieder«, sagte Heier und stieß sich von der Fensterbank ab. »Aber ganz ehrlich, so langsam stinkt's mir.«

»Was denn?«

»Die Flegel aus der 10b. Haben jetzt eine Freistunde. Ich wollte eben ins Lehrerzimmer gehen, da hat einer dieser Mistkerle eine Stinkbombe losgelassen.«

»Oh.« Gundi verkniff sich ein Grinsen. Stinkbomben waren also immer noch in – allerdings mit offensichtlich verbesserter Wirkung. Die Dinger, die sie selbst damals im Spielwarenladen an der Eyachbrücke hatte kaufen können, hatten nie einen Lehrer zum Würgen gebracht.

»Wissen Sie denn, wer der Täter ist? Haben Sie einen Verdacht?«

Heier lachte. »Sie sind Kommissarin geworden, ich weiß. Ja, einen ganz konkreten sogar. Aber ich bin da etwas hilflos.«

»Na, vielleicht kann ich ja was tun«, schlug Gundi vor.

Der Lehrer lächelte sie dankbar an. »Vielleicht. Schön wäre es.« Dann erzählte Walter Heier, was passiert war. Wie immer hatten nur die vier Schüler in der ersten Reihe zugehört, als er von Fotosynthese, Wasser, Sauerstoff und Glukose berichtet hatte. Dem Rest der Klasse war das offensichtlich egal gewesen. Ein Teil hatte mit offenen Augen geschlafen, andere hatten bunte Heftchen gelesen oder auf den eigentlich im Klassenzimmer verbotenen Smartphones getippt. Irgendwie hatte Heier die 45 Minuten Biologie rumgebracht. Eigentlich nur 42, er hatte die Klasse vor dem Pausengong entlassen. Als Letzte waren zwei Schüler aus dem Klassenzimmer gegangen, während der Lehrer noch am Schreibtisch saß. Er hatte ein Knacken gehört, das Schlagen der Tür und dann sei ihm auch schon übel geworden.

»Paul und Moritz Bender.« Walter Heier schüttelte den Kopf.

»Brüder?«, fragte Gundi.

»Schlimmer. Zwillinge.« Der Lehrer verdrehte die Augen. Gundi bat ihn, den Tatort sehen zu dürfen. Sie öffnete die Tür zum Klassenzimmer der 10b und schnupperte vorsichtig. Der Geruch nach faulen Eiern hing noch deutlich in der Luft. Sie hielt den Atem an, ging zu den Fenstern und riss alle auf. Dann inspizierte sie den Fußboden. Tatsächlich lag vor dem Lehrerschreibtisch ein zerbrochenes Glasfläschchen. Die Stinkbombe. Oder das, was von dem Gemisch übrig war. Sie winkte Heier und bat ihn, die beiden Benders zu holen. Dann setzte sie sich in die erste Reihe. Auf dem Tisch hatte jemand die Worte ›shit happens‹ und ›Laura ist fett‹ eingeritzt. An der Tafel war eine überdimensional große Blattzelle mit Kreide aufgemalt und die Kommissarin vertrieb sich die Zeit damit zu raten, wie noch mal genau das mit der Fotosynthese war. Weit kam sie nicht.

Nach ein paar Minuten kam Walter Heier zurück, zwei Jungs im Schlepptau. Der erste wurde von seinem Lehrer mit einem sanften Stoß ins Klassenzimmer bugsiert. Die Turnschuhe des Jungen quietschen auf dem Boden. Der junge Mann selbst starrte an Gundi vorbei, die blaue Baseballkappe so tief in die Augen gezogen, wie es eben ging. Unter der Kappe ringelten sich blonde Locken, die Nase war mit Sommersprossen übersät. Abgesehen von dem Totenkopf auf dem viel zu großen Shirt hätte man den Knaben glatt für einen Engel halten können. Einen doppelten Engel allerdings, denn Heier schob nun die gleiche Ausgabe noch mal zur Tür herein. Es knirschte, als der Zwilling ins Zimmer kam. Die beiden grinsten. Walter Heier postierte sich neben der Tür, die Arme verschränkt.

»Ich hab den Herren Bender schon gesagt, wer Sie sind.«

»Na prima. Und wer von euch ist wer?« Gundi war verblüfft über die Ähnlichkeit der Zwillinge, deren wilde Locken sogar in denselben Kringeln über die Ohren fielen. Sie beschloss, die beiden der Einfachheit halber nach der Reihenfolge des Eintretens Nummer 1 und Nummer 2 zu nennen.

»Ich bin Paul. Oder Moritz«, sagte Nummer eins.

Und Nummer zwei mit derselben Stimme: »Dann bin ich Moritz. Oder Paul.«

»Haha. Das doppelte Paulchen. Ziemlich ausgelutschte Nummer, findet ihr nicht?« Die Kommissarin stand auf und umrundete die Zwillinge. Beide Jungs stemmten die Hände so fest und tief in die Hosentaschen, dass Gundi befürchtete, die ohnehin zu weit geschnittenen Jeans der Schüler würden gleich bis zu den Knöcheln rutschen. Taten sie aber nicht.

»So, meine Herren, die Sachlage ist eindeutig. Ihr beiden wart die letzten, die aus dem Klassenzimmer gegangen sind. Also muss einer von euch die Stinkbombe gezündet haben.«

»Japp«, machte Nummer eins.

Nummer zwei grinste. »Aber da Sie ja nicht wissen, wer das war, können Sie auch keinen bestrafen. Im Zweifel für den Angeklagten, gell!«

Gundi lag etwas auf der Zunge, das ganz eindeutig nicht für Kinderohren bestimmt war. Wobei sie stark vermutete, dass die Bengel selbst über einen ordentlichen Schatz an Flüchen verfügten. »Kann ich schon. Ihr habt ein winzig kleines Fehlerchen gemacht.« Sie tippte Nummer zwei auf die Brust. »Ich denke mal, du wirst nachsitzen dürfen. Oder den Pausenhof fegen. Vielleicht mag dein Bruder dir ja Gesellschaft leisten?«

»Paul? Sag doch was!« Nummer zwei, also Moritz, starrte seinen Bruder an. Der klappte den Mund auf. Und wieder zu. Wahrscheinlich waren die beiden zum ersten Mal in ihrem Leben mit ihrem Doppelspiel gescheitert. Gundi nickte Heier zu.

»Es sei denn, Sie haben eine andere Idee, wie Moritz seine Schuld abarbeiten kann?«

»Allerdings.« Heier grinste. »Ein kleines Referat über Schwefelwasserstoff wäre sicher angebracht.«

»Tja.« Gundi lachte schallend. »Mir würde das jetzt ganz gewaltig stinken.«

Wie kommt die Kommissarin darauf, welcher der beiden die Glasampulle zum Bersten gebracht hat?

Lösung: 26. Rätsel-Krimi

Es kann nur Nummer eins gewesen sein, denn seine Turnschuhe haben ein kratzendes Geräusch gemacht – vermutlich steckte noch ein Splitter in der Sohle.

AUF DER COUCH

»Da steht ja wirklich eine Couch!« Gundi staunte: Die Praxis sah exakt so aus, wie man sich den Behandlungsraum einer Psychologin vorstellte. Ein Kanapee mitten im Raum, daneben ein bequemer Sessel. Ein Beistelltischchen mit Wassergläsern und jeder Menge Papiertaschentüchern. Unter dem Fenster ein wuchtiger Schreibtisch und an den Wänden schwere Regale mit psychologischer Fachliteratur. Das alles in diffuses Licht aus indirekter Beleuchtung getaucht. Die ideale Stimmung, um sich alles Leid von der Seele zu reden. Na ja, im Moment abgesehen von der toten Psychologin, die ziemlich blass und mit heraushängender Zunge auf dem Sofa lag, den lindgrünen Schal viel zu eng um den Hals geschlungen.

»Todeszeitpunkt zwischen 22 Uhr und 2 Uhr heute Nacht. Die Putzfrau hat sie gefunden. Die arme Frau ist völlig durch den Wind, wird wegen Schock in der Klinik behandelt.« Dr. Julius Beinstatt schüttelte Gundi zur Begrüßung die Hand. »Tod durch Ersticken. Übrigens mit einem nicht ganz billigen Schal.« Er deutete auf das Logo. Selbst Gundi, die sich lieber sportlich und praktisch kleidete, wusste, dass das Dolce & Gabbana war und dass die Seide weit mehr als 200 Euro gekostet haben musste. Wie übrigens der Rest der Kleidung der Toten auch – für solch edlen Zwirn hätte die Kommissarin einen großen Teil ihres Salärs investieren müssen. Mal abgesehen davon, dass es diese lackroten Halbstiefelchen wohl nicht in Gundis Größe 43 gab.

»Gerade mal 57 Jahre alt geworden.« Häberle reichte seiner Chefin das Portemonnaie der Toten, das offen auf dem Boden gelegen hatte. Außer ein paar Münzen und ihren Papieren war nichts mehr drin. Selbst die Scheckkarten fehlten. Gundi nahm an, dass in den leeren Fächern auch goldene Kreditkarten gesteckt haben mussten. Das aus offensichtlich echtem Krokodil genähte Etui unterstrich diese Vermutung.

»Barbara Neipp. Stimmt. Sie hatte vorgestern Geburtstag.«

Gundi sah sich genauer in der Praxis um. Auf dem Schreibtisch stand ein so großer Blumenstrauß, dass der Inhalt der Vase allein zum Tränken eines Pferdes ausgereicht hätte. Die Schubladen waren allesamt aufgerissen und durchwühlt. Da die Eingangstür Schrammen aufwies, deutete alles auf einen Raubüberfall hin. Vielleicht hatte die Tote den Einbrecher überrascht? Sie starrte auf die zierliche Frau auf dem Sofa. Lange schlanke Hände mit knallroten Fingernägeln. Aber keiner davon abgebrochen.

»Abwehrverletzungen?«, wollte sie vom Gerichtsmediziner wissen.

»Fehlanzeige.«

»Hm.« Die Schiebeschränke, in denen die Patientenakten aufbewahrt waren, schienen alle verschlossen zu sein. Was alles, aber auch gar nichts heißen konnte. Auf dem Schreibtisch lag der aufgeschlagene Terminkalender der Psychologin. Barbara Neipp hatte am Vormittag einen gewissen Paul Schreiber zum Erstgespräch gebeten. Für den Nachmittag waren keine Termine vermerkt, aber am Vorabend war sie offensichtlich ausgegangen: ›20 Uhr Aaron, Hirschgulden‹. Der Blick der Kommissarin blieb an den Blumen haften, die mit Sicherheit ein kleines Vermögen gekostet hatten. Zwischen zwei übergroßen gelben Rosen steckte eine kleine Karte. Die Kommissarin las: »›Für Tante Barbara, Happy Birthday, dein Aaron.‹ Häberle, checken Sie doch mal, ob es einen Aaron Neipp in Balingen gibt.« Sie steckte die Karte zurück, gab den wartenden Kollegen der Spurensicherung weitere Anweisungen, nickte den Bestattern zu, die bereits vor der Tür warteten, und setzte sich kurz darauf neben Häberle in den Wagen. Der Polizeihauptmeister hatte in der Zwischenzeit herausgefunden, dass Aaron Neipp in Balingen wohnhaft war. Allerdings nicht wie seine Tante im Villengebiet am Stadtrand (die Privatwohnung würde Gundi demnächst besichtigen), sondern nahe der Eyach in einem ziemlich heruntergekommenen Haus. Häberle drückte auf eine der vier Klingeln. Es dauerte eine geraume Weile, dann ertönte der Summer. Die Polizisten betraten den Hausflur, in dem zwei Kinderwagen den Weg versperrten, und stiegen in den zweiten Stock hinauf. An der linken Wohnungstür wurden sie bereits erwartet.

»Ich kaufe nichts und was Jehova sagt, ist mir auch egal«, blaffte ein ungewaschener Kerl in Unterhemd und Pyjamahose die beiden an.

»Weder Staubsauger, noch Bibeln.« Gundi musste unweigerlich grinsen. Dann stellte sie sich und den Kollegen Häberle vor. »Sie sind Aaron Neipp?«

»Ja. Wieso denn?«

»Dürften wir reinkommen?« Todesnachrichten überbrachte sie ungern im Hausflur. Schon gar nicht, wenn das Gegenüber offensichtlich noch nicht ausgeschlafen hatte. Sie folgten Neipp durch einen stickigen Flur in das Wohnzimmer, in dem die Luft nicht besser war. Der überheizte Raum war vollgestopft mit Kartons.

»Planen Sie einen Umzug?«

»Ja. Nein. Wollte ich. Mal sehen. Was ist denn los?« Neipp ließ sich auf die Couch plumpsen und angelte eine Zigarette aus der halb leeren Schachtel auf dem Wohnzimmertisch. Angesichts des durchgesessenen Sessels zog die Kommissarin es vor, stehen zu bleiben.

»Sie sind mit Barbara Neipp verwandt?«

»Ja, meine Tante.« Neipp nahm einen tiefen Zug. »Hat sie was angestellt?« Der Mann zwinkerte Gundi zu, auf eine schmierige Art, die sie schaudern ließ.

»Nein, das nicht.« Die Kommissarin beschloss, den Mann erst zu befragen, ehe sie ihn mit der grausamen Tatsache konfrontierte. Neipp pustete den Rauch aus. Inhalierte wieder. Streifte die Asche im gut gefüllten Aschenbecher ab. Seine Hand zitterte, was aber auch daran liegen mochte, dass er zu wenig Alkohol im Blut hatte: Das Dutzend leere Bierflaschen auf dem Tisch ließ nicht gerade auf einen leberfreundlichen Lebenswandel schließen.

»Stehen Sie sich sehr nahe?«

»Irgendwie schon, hab ja nur sie. Meine Eltern sind beide tot. Unfall.«

»Das tut mir leid«, mischte Häberle sich ein, der mit dem gezückten Notizbuch im Hintergrund stand.

Neipp zuckte mit den Schultern. »Ist 20 Jahre her. Die Tante Barbara hat sich dann um ich gekümmert.«

»Hat sich gekümmert? Tut sie das nun nicht mehr?«

»Sieht das so aus?« Neipp machte eine wegwerfende Bewegung, die das komplette Wohnzimmer einschloss. »Sie meint, als promovierter Biologe müsste ich einen Job bekommen, aber …« Er schnaubte.

»Sie sind ein Doktor?«, rutschte es Häberle raus.

Gundi schickte ihm einen warnenden Blick, der ihn wieder auf sein Notizbuch starren ließ.

»Ja, bin ich. Und was bringt's? Nix.«

»Arbeitslos?«, fragte Gundi.

»Schon seit fünf Jahren. Bislang hat Tante Barbara mich ja unterstützt. War ja das Erbe meiner Eltern.«

»Das heißt, Sie standen sich sehr nahe?«, fragte Gundi sehr vorsichtig.

»Ja. Nein, was weiß ich. Wieso standen? Was ist denn los?« Neipp drückte die Kippe aus.

»Sie ist tot.«

»Oh.«

»Barbara Neipp wurde ermordet.«

»Die arme Tante Barbara. Und das ausgerechnet auf der Couch.«

»Haben Sie eine Idee, wer das getan haben könnte?«, mischte Häberle sich wieder ein. Gundi nahm sich vor, ihn in der Pause nach seinem Wochenende zu fragen – wenn der Polizeihauptmeister dermaßen vorlaut war, musste es Zoff mit seiner Gattin gegeben haben. Aber das musste erst einmal warten.

»Ich brauche da gar keine große Idee«, sagte die Kommissarin. »Und Herr Neipp muss auch nicht viel packen. Nur etwas anziehen sollten Sie sich, denn die Zellen in der Untersuchungshaft können mitunter etwas zugig sein.«

Was veranlasst Gundi, den Neffen zu verdächtigen?

Lösung: 27. Rätsel-Krimi

Er weiß, wo die tote Psychologin lag, ohne dass die Kommissarin das im Gespräch erwähnt hätte. Als Motiv kommt vermutlich infrage, dass Barbara Neipp den arbeitslosen Biologen nicht länger finanziell unterstützen wollte.

MAHLZEIT!

Hermingunde zu Tollern-Achteck gab der Schublade an ihrem Schreibtisch einen Schubs. Dann wischte sie mit einem Tempotuch einen Fleck von ihren Turnschuhen, seufzte mal wieder angesichts deren Größe Nummer 43 und beschloss, dass Thomas erstens diese Schuhe schon kannte und zweitens sie kaum sehen würde, wenn sie unter dem Tisch im Restaurant standen. Das Paar hatte sich für den Abend beim Chinesen verabredet und die Kommissarin freute sich auf einen gemütlichen Abend mit Ente süß-sauer und dem einen oder anderen Gläschen Pflaumenwein. Appetit darauf hatten die beiden vor zwei Tagen bekommen, als sie bei *arte* eine Reportage über die asiatische Küche gesehen hatten.

»Ich bin dann mal weg«, wollte sie Häberle zurufen, aber das Klingeln des Telefons kam ihr zuvor. Auf dem Display erschien die Nummer der Tübinger Gerichtsmedizin. »Mist«, fluchte Gundi. Einen Anruf von Dr. Julius Beinstatt konnte sie schlecht ignorieren.

»Wie gut, Sie sind noch da«, begrüßte der Gerichtsmediziner sie durch den Hörer.

»Ja, aber eigentlich …«

»Ich ahne es, Feierabend. Aber ich hab da was gefunden.«

Gundi seufzte. »Dann schießen Sie mal los.«

Und Beinstatt schoss los. Vor zwei Tagen war ein männlicher Leichnam, 64 Jahre, in Tübingen eingetroffen. Da die meisten Kollegen im Urlaub waren, war Beinstatt erst jetzt dazugekommen, den Toten zu obduzieren. Der Hausarzt hatte ›Todesursache unklar‹ auf dem Formular angekreuzt. Was selten vorkam und noch seltener ein Verbrechen bedeutete. Meistens waren die Toten dann doch schwachen Herzens, hohem Blutdruck oder geplatzten Aorten erlegen. Dieser hier allerdings nicht. »Pfifferlinge. Das hat der Mann als Letztes gegessen. Aber nicht nur.«

Gundi ließ sich auf den Bürostuhl sinken. »Giftpilz?«, seufzte sie.

»Ja.«

Als die Kommissarin dieses ›Ja‹ vernahm, wusste sie, dass das gemütliche Essen ausfallen würde. Aber irgendwie war ihr der Appetit sowieso vergangen.

Dr. Beinstatt erklärte ihr, dass er im Magen des Toten neben Pfifferlingen, Speckstückchen und Knödeln auch einige Reste von Omphalotus olearius gefunden hatte. »Sieht aus wie ein Pfifferling, ist aber ganz schön unbekömmlich. Kennt man auch als Ölbaumtrichterling.« Dann teilte er ihr noch den Namen des Mannes mit: Joachim Weilburg. Gundi bedankte sich für die Information, Beinstatt versprach, den Obduktionsbericht gleich am nächsten Morgen zu mailen, dann verabschiedeten sich die beiden.

»Häberle? Mitkommen!«

»Och nööö. Meine Frau wartet mit dem Essen!«

»Dann muss sie eben länger warten.« Gundi schickte im Gehen eine SMS an Thomas. Er würde schon verstehen, dass sie den Chinesen erst morgen besuchen konnten.

»Die ist nachher bloß wieder sauer und aufwärmen kann sie die Pilze auch nicht«, motzte Häberle auf dem Weg zum Wagen.

»Ich wette, Sie haben heute sowieso keinen Appetit mehr auf Pilze«, grinste Gundi und lotste den Kollegen zu der Adresse, die sie im Internet gesucht hatte. Das Haus der Familie Weilburg lag in einer gepflegten Siedlung unterhalb des Schulzentrums. Im Vorgarten stand ein steinernes Nilpferd mitten in einem aus akkurat gestutzten Buchsbäumen bestehenden Kreis. Die Kommissarin klingelte.

»Frau Weilburg?« Eine untersetzte Frau in schwarzer Bluse und schwarzer Hose öffnete.

»Ja?«

»Kommissarin zu Tollern-Achteck. Das ist mein Kollege Häberle.«

»Was ist denn?« Die Frau wirkte ein bisschen ungeduldig, fahrig beinahe. Was aber auch kein Wunder war, hatte sie doch erst zwei Tage zuvor ihren Mann verloren.

»Es geht um die Obduktion.«

»Sind die endlich fertig? Kann ich einen Termin für die Beerdigung machen?« Frau Weilburg, deren Vorname laut Türschild Hanna war, sah Gundi unverwandt aus klaren Augen an. Geweint hatte die Dame in den letzten Stunden nicht.

»Dürfen wir hereinkommen?«, fragte Hermingunde und ging, ohne eine Antwort abzuwarten, ins Haus. Direkt neben dem Flur war die Küche. Gundi steuerte die Eckbank an und setzte sich. Nicht, weil sie unhöflich sein wollte – aber sie hatte mit einem Mal einen Bärenhunger und wusste, dass bei Unterzuckerung ihre Knie zu zittern anfingen. Sie hoffte, Frau Weilburg würde ihr wenigstens einen Saft anbieten. Die dachte aber gar nicht daran, sondern stand mit verschränkten Armen gegen die Anrichte gelehnt. Gundi schielte auf einen Topf auf dem Herd, in dem etwas köchelte. Daneben lag ein Kochbuch und ein Bestimmungsbuch ›Heimische Waldpilze‹. Ihr Magen knurrte.

»Darf ich?« Wenigstens Häberle fragte noch. Frau Weilburg nickte und der Wachtmeister setzte sich neben seine Chefin.

»Die Gerichtsmedizin hat die Obduktion abgeschlossen«, begann Gundi, als sie merkte, dass hier nicht mal ein Glas Wasser zu haben war.

»Herz?«

»Nein. Magen. Mehr oder weniger.«

»Was bedeutet mehr oder weniger?«

Gundi beschloss, die Frage der Witwe zu ignorieren. Stattdessen fragte sie nach dem Todesabend.

»Dem Joachim war's nach dem Essen schlecht. Und dann hat er sich hingelegt. Ich hab noch aufgeräumt und ein bisschen ferngesehen. Als ich ins Bett gegangen bin, war er schon kalt. Ich hab den Arzt gleich angerufen, aber da war wohl nichts mehr zu machen.« Die Witwe tupfte sich mit einem Küchentuch die Augen. »Joachim und sein Herz …«

»Was gab es denn zum Essen?« Gundis Magen rumorte noch ein wenig lauter. So laut, dass zumindest Häberle es hören konnte. Der schickte seiner Chefin einen Blick, der wohl bedeuten sollte: »Selbst schuld. Und übrigens hab ich auch Hunger.«

»Oh je. Ich muss nachdenken.«

»Pilze vielleicht?«, half Gundi ihr auf die Sprünge.

»Aber ja doch. Stimmt.«

»Wo haben Sie die Pilze gekauft?«

»Ich weiß nicht, was das mit Joachims Infarkt zu tun hat. Aber gut. Wir haben die selbst gesammelt. Oben beim Trimm-Dich-Pfad im Wald. Das heißt, ich. Mein Mann war … weg. Nicht da.«

»Haben Sie das öfter gemacht?«

»Natürlich. Ist ja wohl nicht verboten. Außerdem sammele ich seit Jahrzehnten.« Jetzt klang Hanna Weilburg etwas schnippisch.

»Ist es absolut nicht. Was kam denn eigentlich im Fernsehen?«

»Bitte?«

»Was Sie sich angeschaut haben nach dem Essen.«

»Keine Ahnung. Oder doch. Ein Krimi. Auf *arte*. Wiederholung.«

»Ach ja? Na. Zeit zum Fernsehen dürften Sie bald reichlich haben.«

»Ich verstehe nicht?«

Gundi stand auf. Tatsächlich zitterten ihre Knie. Aus dem Topf auf dem Herd duftete es verführerisch. Sie ging hinüber und schob Frau Weilburg sanft zur Seite. Doch statt in den Topf zu gucken, nahm die Kommissarin den Pilzführer zur Hand. Sie blätterte darin und schlug ihn bei Ö auf. Tatsächlich war auf der Seite ein Fettfleck zu sehen.

Warum verhaftet Gundi die Witwe?

Lösung: 28. Rätsel-Krimi

Es ist eigentlich ganz klar, dass sie ihren Mann mit den Pilzen vergiftet hat. Leider hat sie sich beim Fernsehprogramm mächtig vertan – Gundi selbst hat an dem Abend *arte* geschaut und da lief kein Krimi, sondern eine Kochsendung aus China.

GOLDSTÜCK

Teneriffa. Das wär es jetzt. Oder Paris. Auch nicht schlecht. Hermingunde zu Tollern-Achteck warf einen sehnsuchtsvollen Blick auf die Anzeigentafel. Istanbul. Madrid. Rom. Oder wenigstens Berlin: Die Kommissarin wurde von einem akuten Reisefieber-Schub gepackt, als sie die Atmosphäre auf dem Stuttgarter Flughafen in sich einsog. Die Menschen mit Koffern, die Schlangen vor den Schaltern. Und die Kollegen, welche routiniert Gepäckstücke und Personen am Check-in untersuchten. Doch der nächste Urlaub war mehr als weit entfernt und ein Blick auf die Uhr zeigte ihr, dass sie sich sputen musste Der nächste Punkt auf der Fortbildungsagenda stand an: Zollkontrolle.

Bereits am Vormittag hatte die Kommissarin gemeinsam mit einem halben Dutzend Kollegen aus ganz Baden-Württemberg den Flughafen hinter den Kulissen besichtigt, die Gepäckabfertigung inspiziert und jede Mange Fakten in sich aufgesogen. Sie war müde und gleichzeitig wie elektrisiert. Das hier war schon eine ganz andere Nummer als im heimischen Balinger Revier. Sie folgte einer Kollegin der Flughafenpolizei, welche die Kommissarin durch das Gewirr von Türen und Gängen zum nächsten Einsatzort brachte. Den kannte sie von der anderen Seite, als Passagierin: Hinter den Gepäckbändern waren die magischen Durchgänge, der eine grün, der andere rot. Da Gundi stets auf dem neuesten Stand der Einfuhrbestimmungen war, schon von Berufs wegen, konnte sie nach jeder Reise ruhigen Gewissens den Durchgang ›Nichts zu verzollen‹ wählen. Wie es die meisten Passagiere taten, allerdings schätzte sie, dass darunter einige waren, die mehr im Gepäck hatten, als der Zoll erlaubte. Aber das würde sie ja nun mit eigenen Augen sehen.

»Tag, Frau Kollegin, Axel Schultz«, stellte sich der Zollbeamte vor.

»Wie der Boxer?«

Schultz lachte. »Ja, wie der. Nur nicht so sportlich.« Dann wies er Gundi in den Arbeitsplatz ein, den sie in den kommenden Stunden mit ihm teilen würde. Eine Maschine aus Ankara war eben gelandet. Noch warteten die meisten Passagiere am Gepäckband auf ihre Koffer, aber einige strömten bereits dem Ausgang zu: Familien mit kleinen Kindern, allein reisende ältere Männer und urlaubsgebräunte Pärchen. Keiner schenkte dem roten Durchgang für zollpflichtige Waren auch nur Beachtung.

»Was meinen Sie zu dem da?«, fragte Gundi und deutete mit einem Kopfnicken auf einen jungen Mann in Anzug und mit Krawatte, der nervös auf seinem Handy rumtippte und wie gehetzt immer wieder zur Scheibe starrte, hinter der Freunde und Angehörige die Ankömmlinge erwarteten. Sie konnte sich gut vorstellen, dass der Herr neben Unterhosen und Socken in seinem Koffer illegale Pülverchen transportierte.

»Nä, das ist ein Geschäftsmann. Kommt alle 14 Tage hier vorbei.« Axel Schultz zuckte mit den Schultern. »Aber versuchen Sie es gerne noch einmal!«

»Also gut.« Gundi musterte die Reisenden. »Vielleicht die Mutter mit dem Kind?«

»Die sieht zwar nervös aus, aber ich glaube, die ist einfach völlig übermüdet. Manchmal ist auch kein Fang dabei, Kollegin.«

»Das glaube ich nicht. Rein statistisch … wie wäre es mit dem alten Mann da? Der kann in seinem Koffer alles Mögliche haben.«

»Nur dass er gar keinen Koffer hat. Das ist Herr Özdemir, mein Nachbar. Und der reist grundsätzlich ohne Gepäck, weil er sowohl in Ankara als auch in Stuttgart einen voll ausgestatteten Haushalt hat.« Axel winkte dem Mann zu, der sich sichtlich freute, ihn zu sehen.

»Alles klar?«, rief der Türke.

Axel hob den Daumen. »Ich komm morgen mal vorbei!«

Gundi sah dem Mann hinterher. Dann blickte sie zurück zum Gepäckband. Die letzte Passagierin, eine flotte Mittvierzigerin mit sonnengebräunter Haut, zog eben einen teuer aussehenden Trolley vom Band.

»Na gut, nur damit Sie sehen, wie das läuft.« Axel Schultz seufzte und winkte die Frau zu sich, die eben durch die grüne Tür gehen wollte. »Dürfte ich Sie mal hier rüber bitten?«

Die Frau stockte. Drehte sich betont langsam um und zuckte gelangweilt die Schultern. »Wenn's nicht ewig dauert?« Dann folgte sie den Beamten hinter eine Trennwand.

»Legen Sie bitte den Koffer hier ab und öffnen Sie ihn«, sagte Axel.

Die Frau klimperte mit den tiefschwarzen Wimpern. »Der ist aber schwer«, flötete sie. »Könnten Sie …?«

Gundi konnte solche Geschlechtsgenossinnen nicht leiden. Ehe Kollege Axel antworten konnte, hatte sie selbst den Koffer auf den Stahltisch gehievt. Dann nahm sie die Papiere der Frau entgegen. Evelyne Müntzer, gebucht von Ankara nach Stuttgart.

»Ach, Sie kommen aus Balingen!« Gundi staunte. Zufälle gab's!

»Ja, wieso? Darf man das nicht?« Evelyne Müntzer rümpfte die tief gebräunte Nase, auf deren Rücken sich die Haut schälte. Offensichtlich hatte die Urlauberin die türkische Sonne sehr ausgiebig genossen. Gundi verzichtete auf eine Antwort und bat die Frau erneut, den Koffer zu öffnen. Dann tat sie es dem Kollegen Schultz gleich und streifte sich ein Paar blaue Einweghandschuhe über. Die Passagierin klappte den Trolley auf.

»Nach Ihnen.« Schultz lächelte. Gundi machte sich an die Arbeit, untersuchte zuerst die beiden Nebenfächer des Koffers, tastete sich dann durch gebrauchte Kleidung. Stieß auf etwas Hartes und zog es heraus. Ein Buch, dessen Cover sie kannte. Softporno von den Bestsellerlisten. Frau Müntzer verzog keine Miene, sondern starrte demonstrativ auf ihre schicke Armbanduhr, die sie neben einem dicken goldenen Armband am Handgelenk trug. Die Steine in den Ringen der Frau waren größer als ein Lutschbonbon. So schnell wollte Gundi sich nicht geschlagen geben. Sie legte einen Stapel Klamotten beiseite. Tastete weiter.

Bekam etwas Längliches, Hartes zu fassen und zog es aus dem Koffer. Ein kleines seidenes Täschchen.

»Oh, das ist …«, stammelte Frau Müntzer.

Gundis Herz klopfte schneller. Offensichtlich hatte sie einen Fang gemacht. Sie zog das Bändchen der Tasche auf und schaute hinein. »Pardon.« Die Kommissarin merkte, wie ihr die Röte ins Gesicht schoss. Hätte die Frau nicht sagen können, dass da ein Vibrator drin war? Gundi verstaute den Lustbringer unter den Klamotten.

»Dann wünsche ich noch einen schönen Tag«, grinste Axel, dem der delikate Fund natürlich nicht entgangen war. Evelyne Müntzer beeilte sich, die Sachen in den Koffer zurückzustopfen. Ihre Armbänder klimperten.

»Einen Moment noch«, sagte Gundi. »Haben Sie in der Türkei vielleicht Schmuck gekauft?« Immerhin galt das beliebte Reiseziel als Schnäppchenmarkt für Gold und Edelsteine.

»Nein.«

»Aber die Armbänder?« Gundi zeigte auf die goldenen Schmuckstücke an den braunen Handgelenken. »Oder diese Kette?« Über dem sonnenverwöhnten Dekolleté baumelte eine breite Goldkette, die mit unzähligen Steinen verziert war. Gundi mochte wetten, dass die Dame nahtlos braun war, denn so weit sie in dem tiefen Ausschnitt sehen konnte, war kein weißer Bikinistreifen zu entdecken.

»Die trage ich immer. Seit Jahren.« Evelyne Müntzer zog den Reißverschluss ihres Trolleys zu.

»Diese Ringe?«

»Das ist mein Ehering. Bitteschön.« Evelyne Müntzer zog den schmalen Goldreif vom rechten Ringfinger, wo das Schmuckstück einen weißen Streifen Haut verdeckt hatte.

»Dürfte ich noch die Uhr sehen?«, bat Gundi.

»Meinetwegen. Aber ich sagte ja schon, dass ich meinen Schmuck lange habe und niemals ablege.« Evelyne Müntzer nestelte an der Metallschließe und streife dann die goldene Uhr ab. Der Zeitmesser war ziemlich schwer und, soweit Gundi das laienhaft beurteilen konnte, sicher nicht billig gewesen. Sie starrte auf die Uhr. Dann auf Evelyne Müntzers gebräunte Hände mit dem silberglänzenden Nagellack.

»Eine Rechnung haben Sie natürlich nicht«, mutmaßte die Kommissarin.

»Hören Sie, ich sagte doch schon …«

»Ja, ja. Sie legen Ihren Schmuck nie ab. Das werden Sie aber müssen, wenn Sie meinen Kollegen und mich gleich ins Zollbüro begleiten.«

»Sie sind ja ein Goldstück, Frau Kollegin«, flüsterte Axel Schultz.

Die Reisende wurde ein wenig blass um die Nase. »Aber warum muss ich mitkommen?«

Ja, warum?

Lösung: 29. Rätsel-Krimi

Wenn Evelyne Müntzer, wie sie behauptet, ihren Schmuck niemals ablegt, dürften nach einem Badeurlaub auf der braunen Haut weiße Spuren zu sehen sein. Diese sind aber nicht zu erkennen.

ENDSTATION

Gundi gähnte herzhaft. Nur noch ein paar Minuten, dann würde der Regionalzug in Balingen halten. Sie freute sich auf ihre Couch – und darauf, die drei paar neuen Schuhe in ihrem Schrank zu verstauen. Der Ausflug nach Stuttgart war ein voller – wenn auch teurer – Erfolg gewesen. In der Königstraße fand sie im Spezial-Schuhgeschäft in den Königsbaupassagen stets Schuhe in ihrer Größe 43, die nicht aus der Herrenabteilung stammten. Sie hatte zwar wieder kein Paar mit Absätzen gekauft, aber die schlanken Stiefel in warmem Braun gefielen ihr außerordentlich. Sie schaute ihr eigenes Spiegelbild in der Scheibe des Zuges an und zwinkerte sich selbst zu. Dann kramte sie den im Bahnhofskiosk neu erstandenen Roman aus der Tasche und vertiefte sich in den Klappentext. Schon nach zwei Zeilen klappten ihr die Augen zu und Gundi überließ sich dem gemütlichen Rattern des Zuges.

Gundi hörte ein Geräusch und machte die Augen wieder auf. Die Zwischentür zum anderen Waggon glitt auf und ein junger Mann ließ sich auf einen Sitz ihr schräg gegenüber gleiten. Er atmete heftig, ganz so, als wäre er gerannt. Was aber komisch war, da der Zug ja seit einigen Minuten fuhr. Die letzte Haltestelle lag länger zurück. Die Kommissarin zuckte mit den Schultern und schloss die Augen, riss sie jedoch gleich darauf wieder auf, als sie Schreie hörte. Vor dem jungen Mann hatte sich der Schaffner aufgebaut.

»Hab ich dich, du Drecksau!« Der Uniformierte packte den Mann am Kragen und hob ihn hoch. Gundi sprang auf, wobei zwei Tüten auf den Boden fielen.

»Hey, hey! Langsam!«, rief sie und rannte auf den Schaffner zu.

»Mischen Sie sich nicht ein!«, brüllte der Mann zurück.

»Hilfe!«, stammelte dessen Opfer. Gundi zog ihren Dienstausweis aus der Tasche ihrer abgetragenen Jacke. Beim nächsten Besuch in Stuttgart wollte sie eine neue kaufen, aber da sie heute nach dem Schuhshopping noch in der Staatsgalerie gewesen war, hatte die Zeit nicht mehr gereicht.

»Na prima, Polizei ist auch schon da.« Der Schaffner gab dem jungen Mann einen Stoß, sodass dieser zurück auf die Sitzbank fiel. »Den können Sie gleich verhaften.«

»Jetzt bitte immer schön langsam. Was ist denn passiert?«

»Ich war das nicht!« Der Junge – Gundi schätzte, dass er keine 18 war – sah ziemlich unglücklich aus.

»Wer sonst?« Der Schaffner nestelte an seiner blauen Uniformjacke. Dann berichtete er der Kommissarin, was passiert war. Der Regionalzug, bestehend aus zwei Waggons, war tatsächlich trotz Samstagabend nur mit drei Fahrgästen besetzt. Dem jungen Mann, Gundi und einer älteren Dame. Viel zu tun gab es also für den Bahnbediensteten nicht und so kontrollierte er neben den Mülleimern auch die Toiletten. Das Klo im vorderen Waggon war in Tübingen noch blitzblank gewesen – aber als er eben nachgeschaut hatte … das sollte die Kommissarin sich doch bitte selbst ansehen, wenn sie schon mal da war. Gundi seufzte, blickte auf die Uhr und fand, dass sie die letzten 20 Minuten bis Balingen sowieso nicht mehr ausreichend schlummern konnte. Der Schaffner befahl dem jungen Mann, der sich inzwischen als Danny Wichert ausgewiesen hatte, auch gleich mitzukommen.

Das Trio ging in den anderen Waggon. Der Schaffner riss die Klotür auf. »Vandalismus!«, beschied er. Gundi lugte in das stille Örtchen. Sie sah – nichts. Zumindest nichts Ungewöhnliches. Der Klodeckel war zugeklappt, auf dem Halter hing sogar ausreichend Papier.

»Sie müssen schon reingehen, das ist am Spiegel.«

»Ich war das nicht, ehrlich nicht«, stammelte Danny der Kommissarin hinterher. Gundi lugte um die Ecke zum Waschbecken, wo eine Handvoll zerrupfter Papiertaschentücher lagen. Und am Spiegel stand in Druckbuchstaben, offenbar geschrieben mit knallrotem Edding: ›Bahn is an asshole!!!‹ Den entsprechenden Stift entdeckte Gundi im Papierkorb, halb verborgen unter trockenen grünen Papierhandtüchern. Die Kommissarin berührte mit dem Zeigefinger die Schrift am Spiegel. Tatsächlich blieb ein wenig Farbe an ihrer Fingerkuppe haften. Lange konnte die Schmiererei also noch nicht da stehen.

»Sieht aber ganz danach aus, Bürschchen, dass du das warst.« Der Schaffner blitzte den jungen Fahrgast an. »Sachbeschädigung. Und Beleidigung.«

»Na, na, mal langsam«, mischte die Kommissarin sich ein und trat auf den Gang. »Setzen Sie sich erst mal. Alle beide.«

Der Schaffner verneinte mit einem Kopfschütteln. Danny klappte einen der Notsitze herunter und ließ sich darauf plumpsen. »Ich mach keinen solchen Scheiß. Echt. Mann Alter!«

»Jetzt langt's aber! Du warst auf dem Klo, ich hab das genau gesehen.« Der Bahnbeamte schnaubte.

»Ja klar, ich war pinkeln. Aber mehr auch nicht!«

Gundi seufzte. Ließ den Blick durch den Waggon schweifen. Zwei Sitzreihen weiter sah sie den Hinterkopf einer Dame mit grauem Haar. »Sie bleiben hier. Beide«, befahl sie und ging zu der Frau.

»Guten Abend«, sagte sie und zückte vorsichtshalber den Dienstausweis. Die Dame war gut und gerne über 70 und schaute die Kommissarin hinter dicken Brillengläsern hervor aus wässrigblauen Augen an.

»Ich habe Ihrem Kollegen eben schon meine Fahrkarte gezeigt«, murrte die Frau, streckte Gundi dann aber unaufgefordert das Ticket nebst Bahncard entgegen. »Luise Wallner«, murmelte Gundi und setzte sich neben die Frau.

»Ich bin nicht von der Bahn«, erklärte die Kommissarin.

»Na Gott sei Dank, dazu sehen Sie auch viel zu nett aus.« Frau Wallner steckte ihre Papiere in die Handtasche.

»Es gab da einen … Vorfall. Gerade eben«, begann Gundi. »Der Schaffner will einen jungen Mann quasi ertappt haben, wie er das Klo mit Schmierereien verunstaltet hat.«

»So?« Luise Wallner lächelte. »Und was habe ich damit zu tun?«

»Nun, vielleicht haben Sie ja etwas gesehen? Der Junge behauptet nämlich steif und fest, nichts gemacht zu haben.«

Die alte Dame lächelte Gundi an. »Also ich sitze seit Leinfelden im Zug. Ich habe meine Freundin besucht. Klara macht den besten Kirschkuchen. Und ach ja, auf der Toilette war ich zum letzten Mal bei Klara.«

»Und?«

»Na, also hören Sie mal, meine Geschäfte gehen Sie wirklich nichts an.« Luise Wallner schüttelte den Kopf mit den grauen Locken.

Gundi wurde rot. »Nein, oh je … ich wollte wissen …«

»Ich habe nichts gesehen. Und im Übrigen kann ich gar kein Englisch.« Die Dame schaute an Gundi vorbei aus dem Fenster. »Die Jugend heutzutage«, murmelte sie und nickte sich selbst zu.

»Heute oder gestern, Frau Wallner, darf ich bitte Ihren Personalausweis sehen?«

»Aber wozu das denn? Kann man denn nicht mal mehr in Ruhe Bahn fahren, wenn man schon alle Nase lang kontrolliert wird und teures Geld für schlechten Service bezahlen muss?«

»Können Sie schon. Aber in Balingen ist für Sie erst einmal Endstation. Ich denke, der Schaffner wird eine Anzeige gegen Sie aufnehmen.« Gundi stand auf. Fluchtgefahr bestand ganz bestimmt keine. Die Kommissarin informierte den Schaffner, klopfte Danny zum Abschied auf die Schulter und raffte ihre Einkäufe zusammen. Auf dem Bahnsteig wurde sie erwartet. Neben den Kollegen, die sich um Frau Wallner kümmern würden, stand Thomas. Er winkte, als er sie sah.

»Na, bist du jetzt pleite?«, scherzte der Tierarzt mit Blick auf Gundis Tüten.

»Tja, du weißt ja, ich lebe auf großem Fuß.« Sie lachte, hauchte ihm einen Kuss auf die Wange, und dann gingen die beiden Richtung Innenstadt davon.

Wieso würde die Bahn Anzeige gegen Frau Wallner erstatten?

Lösung: 30. Rätsel-Krimi

Sie hat sich verraten: Angeblich war sie nicht im Zug auf der Toilette, weiß aber, dass die Schmiererei auf dem Spiegel auf Englisch verfasst ist.